ESTE DIARIO PERTENECE A:

Nikki J. Maxwell

PRIVADO Y CONFIDENCIAL

SE RECOMPENSARÁ
su devolución en caso de extravío

(¡¡PROHIBIDO CURIOSEAR!! ☹)

Rachel Renée Russell

diario de NIKKI 5

Una SABELOTODO no tan LISTA

RBA

Título original: Tales from a NOT-SO-Smart Miss Know-It-All

Publicado por acuerdo con Aladdin, un sello de Simon & Schuster Children's Publishing Division, 1230 Avenue of the Americas, Nueva York NY (USA)

© del texto y las ilustraciones, Rachel Renée Russell, 2012.

© de la traducción, Esteban Morán, 2013.

Diseño: Lisa Vega

Maquetación y diagramación: Anglofort, S. A.

© de esta edición, RBA Libros, S. A., 2013.

Avenida Diagonal, 189. 08018 Barcelona

www.rbalibros.com

rba-libros@rba.es

Primera edición: octubre de 2013.

Quinta edición: febrero de 2014.

Ref: MONL144

ISBN: 978-84-272-0386-0

Depósito legal: B.19.669-2013

A mis maravillosas hermanas y BFF,
Damita y Kimberly.
¡Gracias por ser Chloe y Zoey
en mi vida real! Me siento orgullosa
(y muy afortunada) de ser vuestra
hermana mayor.

AGRADECIMIENTOS

A todas las seguidoras de los Diarios de Nikki, os agradezco de verdad que esta serie os guste tanto como a mí. ¡VOSOTRAS sois en realidad la auténtica Nikki Maxwell! Sed cariñosas y listas y no os olvidéis de dejar asomar vuestro lado PEDORRO.

A Liesa Abrams, la editora más fantástica, agradable y pedorra del mundo. Por muy complicadas que se pongan las cosas, eres siempre la voz tranquila de la razón y un rayo brillante de sol. SIEMPRE me apetece trabajar contigo (y con tus dobles interiores). ¡Eres el sueño de cualquier autor!

A Lisa Vega, mi incansable y talentuda directora de arte. Nunca dejas de sorprenderme con tus vistosos diseños y tus portadas deliciosamente pedorras. TODAVÍA alucino con tus ilustraciones de patinaje sobre hielo. ¡A Nikki Maxwell le ENCANTARÍA ser tu becaria ☺!

Gracias a Mara Anastas, Carolyn Swerdloff, Matt Pantoliano, Katherine Devendorf, Paul Crichton, Fiona

Simpson, Bethany Buck, Alyson Heller, Lauren Forte, Karin Paprocki, Julie Christopher, Lucille Rettino, Mary Marotta, a todo el equipo de ventas y a cada uno de los miembros de Aladdin/Simon & Schuster, por haber convertido esta serie en el éxito que es. Lo que habéis conseguido es asombroso.

A Daniel Lazar, mi increíble agente en Writers House, que NUNCA duerme. Gracias por ir siempre más allá de tus obligaciones. Me encantan tu endiablado sentido del humor y tu entusiasmo inacabable por todas las cosas pedorras. Sencillamente... ¡ARRASAS! Deseo también dar especialmente las gracias a Tory por tenernos superorganizados y enviarme correos maravillosos.

Gracias a Maja Nikolic, Cecilia de la Campa y Angharad Kowal, mis agentes internacionales de Writers House, por conseguir que los Diarios de Nikki hayan llegado a niños de todo el mundo. ¡"Gracias" en treinta y dos idiomas (hasta ahora)!

Gracias a Nikki Russell, mi supertalentuda asistente artística, y a Erin Russell, mi supertalentuda asistente literaria. Adoro de verdad todo el tiempo que pasamos juntos creando nuestro loco mundo de los Diarios de Nikki. Gracias a vosotros, escribir estos libros me resulta tan DIVERTIDO que ni siquiera me parece un trabajo. ¡Abrazos, besos y montones de amor de mamá!

Agradezco a Sydney James, Cori James, Presli James, Arianna Robinson y Mikayla Robinson, mis sobrinas, que hayan sido críticas implacables y que hayan trabajado a lo largo de un fin de semana de fiesta de pijama, hartándose de comida-basura.

¡Yo flipo! ¡NO PUEDO CREER que me esté pasando esto!

Se supone que no es más que una broma inocente..., pero la verdad es que estoy un poco preocupada. Tengo que pensar en las consecuencias de mis acciones.

Porque si algo sale mal, puede que ALGUIEN acabe... ¡MUERTO!

Sí, tal como suena: ¡¡MUERTO ☹!!

Por ejemplo... ¡YO MISMA! Porque si mis padres se enteran de lo que estoy tramando, van a MATARME!

Todo ha empezado cuando Chloe, Zoey y yo hemos decidido celebrar una fiesta de pijamas durante las vacaciones de Navidad.

Hemos contado los segundos que faltaban para media noche a grito pelado... "DIEZ... NUEVE...

OCHO... SIETE... SEIS... CINCO... CUATRO...
TRES... DOS... UNO..."

...¡¡¡FELIZ AÑO NUEVO!!!...

¡¡CHLOE, ZOEY Y YO, EN PLENA CELEBRACIÓN!!

Estaba deseando que llegara el Año Nuevo. Más que nada, porque el año pasado fue DEMASIADO dramático.

¿Qué mejor nuevo comienzo que celebrar en casa de Zoey una fiesta de pijamas con mis dos BFF la noche de Año Nuevo?

Nos hemos puesto de pizza, bizcochos de chocolate, M&M y helado hasta las orejas, y lo hemos remojado todo con refrescos.

No hemos tardado en echarnos a reír histéricamente y a brincar como posesas por los efectos del atracón de azúcar.

Nos lo estábamos PASANDO BOMBA pintándonos las uñas de los colores de moda y jugando a VERDAD O RETO mientras sonaban las campanadas en la tele.

"Zoey, ¿verdad o reto?", ha preguntado Chloe, entornando los ojos mientras sonreía a Zoey.

"Verdad", ha respondido.

CHLOE, ZOEY Y YO PONIÉNDONOS CIEGAS DE COMIDA-BASURA Y JUGANDO A VERDAD O RETO

"¡Tengo una pregunta muy buena!", ha gritado Chloe.

"Es MUY romántica y la he sacado de mi libro PREFERIDO. ¿A quién preferirías besar, a Deadly Doodle Dude o a Hunk Finn?".

"¡Oh, esa es fácil!", se ha reído Zoey. "Prefiero besar a Hunk Finn. Es uno de esos artistas sensibles y superguapos".

"Sí, pero Deadly Doodle Dude es tan... morboso... tan atractivo y va siempre tan descuidado...", ha dicho Chloe gesticulando.

Aquí ha sido cuando casi me he atragantado con la pizza.

Mi mejor amiga es una romántica empedernida, y la quiero muchísimo. Pero a veces tengo la sensación de que es más CORTA que sus shorts de gimnasia.

Enamorarse de un tío que va siempre descuidado es un... ¡ERROR!

Si yo tuviera que crear al chico ideal, sería AMABLE, tendría sentido del HUMOR y, por supuesto, sería irresistiblemente GUAPO (como Brandon, mi amor)...

YO, MEZCLANDO LOS INGREDIENTES PARA
CREAR MI CHICO IDEAL

"Te toca, Nikki", ha dicho Zoey. "¿Verdad o reto?".

"Aaah, ¡tengo una pregunta muy buena!", ha exclamado Chloe.

Una sonrisa malévola se ha dibujado en su cara mientras le susurraba algo al oído a Zoey.

Zoey ha abierto los ojos como platos. "¡Por favor, Chloe! ¡Nikki se va a morir si le preguntas eso!".

Yo he fruncido el ceño y me he mordido los labios, nerviosa.

Contestar a una pregunta sobre un chico ficticio era gracioso e interesante.

Pero contestar a una pregunta sobre un chico DE VERDAD podía resultar muy EMBARAZOSO.

Y esperaba NO tener que hablar sobre UNO en particular; ya sabéis lo que quiero decir.

Lo que significaba que solo me quedaba una opción.

"¡RETO! Ya que nadie se ha atrevido con uno, lo haré yo. ¡A ver qué se te ocurre!", le he dicho a Zoey, desafiante.

Ella se ha puesto la mano en la frente, en señal de concentración.

Luego, una sonrisa de superioridad ha aparecido en su cara. "¿Estás SEGURA, Nikki? Responder a una pregunta podría resultar MUCHO MÁS fácil".

"O tal vez NO", ha dicho Chloe con aire de suficiencia.

"¡Sí, estoy segura! ¡RETO!", le he espetado. "¡Suéltalo ya!"

Os aseguro que a veces desearía que mi cerebro fuera más rápido que mi enorme bocaza.

¡Porque resultaba obvio que Chloe y Zoey llevaban una de cabeza y que no era nada bueno!

Pero NO estaba dispuesta a confesar mis sentimientos por Brandon...

Hasta que he oído el reto que se le ha ocurrido a Zoey...

DE ACUERDO, NIKKI. EL RETO ES QUE TE CUELES EN CASA DE MACKENZIE Y LA ADORNES CON PAPEL HIGIÉNICO.

Me he quedado mirando a Zoey y he tragado saliva. No podía creer lo que acababa de oír.

"¡Guau!", ha exclamado Chloe. "Es un reto muy

9

peligroso... ¡El MEJOR que he escuchado nunca! ¡TIENES que hacerlo, Nikki!".

Enseguida he empezado a notar las gotas de sudor frío en la frente.

"No... No sé, chicas. Esto... ¿Qué pasa si me pillan? ¡Se me va a caer el pelo! ¡Soy una gran... GALLINA! Siento estropearos la diversión".

"No te deprimas, Nikki. Es un reto superloco. Solo las del grupo pijo del GSP (Guapas, Simpáticas y Populares) se atreven con ese tipo de tonterías. ¡Chloe y yo también somos unas gallinas!", ha admitido Zoey.

"¡Tienes razón! ¡Cloc-cloc-cloc!", ha cacareado Chloe.

Me parece que Chloe y Zoey han hecho ese comentario para CONSOLARME por NO ser capaz de afrontar ese reto. ¡Son las MEJORES amigas del mundo!

Para aliviar nuestra frustración, hemos cantado "La Danza de la Gallina" y hemos bailado y cloqueado durante al menos nueve minutos...

CHLOE

YO

ZOEY

GALLINAS "R" US

Después nos hemos quedado sentadas mirándonos las unas a las otras, deseando que nuestras vidas fueran mucho más, cómo decirlo, INTERESANTES.

Es curioso, porque cuanto más pensaba en la de veces que Mackenzie nos la ha jugado, más INDIGNADA me sentía.

Las personas podemos soportar humillaciones públicas, provocaciones maliciosas, chismorreos malintencionados, sabotajes despiadados y puñaladas a traición, pero todos tenemos un límite.

Ya estoy harta de la gente que se dedica a amargarme la vida.

"Gente" pretenciosa, superficial y retorcida como, humm... ¡¡MACKENZIE HOLLISTER!!

Llamarla "retorcida" es un eufemismo. Es un DOBERMAN con brillo de labios y vaqueros de diseño. Y, por alguna razón, ¡ME ODIA A MUERTE!

Que Mackenzie tenga que retirar de su casa un poco de papel higiénico no es NADA comparado con la lista interminable de cosas despreciables que NOS ha hecho.

Y también ha perjudicado a otras personas. Por SU culpa, Brandon casi se tiene que marchar a Florida.

"¿Chicas, sabéis qué? Todavía no le he perdonado a Mackenzie que nos encerrara en aquel almacén justo antes de nuestra actuación en el Festival sobre Hielo", he dicho, enfurecida.

"Por ella, aún seguiríamos allí", ha dicho Chloe. "¡Y algún día habrían encontrado nuestros esqueletos!".

CHLOE, ZOEY Y YO, ALGO DEMACRADAS, DESPUÉS DE HABER PERMANECIDO ENCERRADAS ¡¡TRES LARGOS AÑOS EN AQUEL ALMACÉN!!

"¡Tienes razón! ¡Y eso ha sido la gota que ha colmado el vaso! He cambiado de opinión: ¡voy a enfrentarme al reto! Pero solo si vosotras me ayudáis", he anunciado.

"Eres nuestra amiga y te apoyaremos", ha dicho Zoey. "¡Esto ya no es un simple reto! ¡Ahora es una REVANCHA! Voy a buscar el papel higiénico".

Ahora estoy encerrada en el cuarto de baño de Zoey, escribiendo todo esto en mi diario.

Y, en lugar de ponernos a dormir, nos dedicamos a planear en secreto la Gran Broma del Papel Higiénico.

La parte buena es que Doña Contoneos (o sea, Mackenzie) tendrá POR FIN su merecido. ¡¡☺!!

La parte MALA es que SI mis padres se enteran de esto, ¡me voy a convertir en un CADÁVER!

Solo llevamos treinta y siete minutos de este nuevo año y ya he vuelto a las ANDADAS. ¡No me lo puedo creer!

Una cosa está clara.

ESTE año tiene pinta de ser MUCHO MÁS DRAMÁTICO que el PASADO.

¡¡☹!!

¿Alguna vez has tenido un MAL presentimiento sobre algo?

¿Una voz que grita "¡NOOOOOOOO! ¡Detente! ¡No lo hagas!" en el interior de tu cabeza?

Bien, esa voz ME estaba avisando de que nuestra Gran Broma del Papel Higiénico iba a terminar en un completo y total

¡¡DESASTRE!!

Pero ¿le hice caso? ¡Por supuesto que no!

Aunque tengo que admitir que una parte de mí quería olvidarse del asunto.

Eso de adentrarse furtivamente en la noche fría y oscura para sembrar el caos en el mundo sonaba muy tentador. Pero también nos habríamos divertido quedándonos en casa y haciendo las cosas típicas de una fiesta de pijamas.

Ya sabéis, cosas como...

Meterme dentro de mi saco de dormir calentito y acogedor y FINGIR que he caído redonda...

Mientras mis BFF no pueden contener la risa y me echan agua por encima con la intención de que me haga pis encima.

¡¡JE, JE!!

¡¡JI, JI!!

¡¡JA, JA!!

YO, HACIÉNDOME
LA DORMIDA

Robarle a Chloe la bolsa de mano y apoderarme de la ropa interior de Zoey mientras mis dos amigas están cepillándose los dientes.

Y esconderlo todo en la nevera sin que me vean.

YO, ESCONDIENDO LA ROPA DE CHLOE Y ZOEY EN LA NEVERA

Turnarnos para darnos SUSTOS de miedo contando historias superterroríficas en la oscuridad.

... ENTONCES EL ESPECTRO FLOTABA POR LA HABITACIÓN, MIENTRAS SUSURRABA "¡ZOEY! ¡NIKKI!"

Pero otra parte de mí (un lado oscuro y primitivo) deseaba DESESPERADAMENTE vengarse de Mackenzie.

La perspectiva de ser una adolescente rebelde con causa me parecía MUY atractiva. Al menos, en ese momento.

Aunque ya había estado en casa de Mackenzie —solo por accidente (es una historia larga y angustiosa)—, no me había dado cuenta de que viviera tan cerca de Zoey.

Me sentí un poco mejor al saber que no teníamos que andar demasiado en la oscuridad.

Zoey y yo encontramos un par de linternas y reunimos unos cuantos rollos de papel higiénico.

Pero Chloe no colaboró en absoluto.

Se limitó a sentarse delante del espejo tarareando *Girls Just Want To Have Fun*, de Cyndi Lauper, y se maquilló la cara para parecer un conejo.

"En... Chloe...", le dije, algo confundida. "Eres consciente de que no vamos a un baile de disfraces, ¿verdad?".

"¡Claro! Sé muy bien lo que hago", me aseguró. "Si nos pillan, ¿crees que la policía va a detener a una adorable conejita y meterla en la cárcel? ¡Por supuesto que no! Pero si os encierran, os visitaré a Zoey y a ti en el trullo".

Vale... Creo que entonces empecé a preocuparme un poco.

Nos dirigimos hacia la casa de Mackenzie, avanzando con dificultad por la nieve, a oscuras y rodeadas por un silencio siniestro. Solo se oía el crujir de la nieve bajo nuestros pies y nuestras respiraciones agitadas.

Tuve que reprimir el impulso de dar media vuelta y echar a correr gritando a refugiarme en el interior calentito de mi saco de dormir.

Finalmente, llegamos a la mansión de Mackenzie y era tal y como la recordaba.

¡GIGANTESCA!

De pronto, se me revolvió el estómago.

No sé si por culpa de la montaña de comida-basura que me había zampado esa noche o por la perspectiva de conocer en la cárcel a mis cantantes raperos favoritos.

¡¡En calidad de compañera INTERNA ☺!! ¡¡QUÉ FUERTE!!

"¡Vamos! Acabemos con esto antes de que alguien nos vea", grité en un susurro.

Zoey se sacó seis rollos de papel higiénico de la mochila y nos los dio a Cloe y a mí.

Chloe y Zoey corrieron hacia un árbol enorme que tenían a su izquierda, y yo, hacia uno que había a la derecha.

Entonces fuimos colocando frenéticamente el papel sobre las ramas, hasta que los dos árboles acabaron pareciendo enormes momias de seis metros.

¡Madre! ¡¡Qué estrés!!

ZOEY

CHLOE

24

YO

72725

25

Fue lo más divertido que habíamos hecho desde...
hummm.... el día anterior.

De pronto, se encendieron las luces del porche ¡¡☹!!

"¡OH, NO! ¡Va a salir alguien!", grité.
"¡¡ESCONDEOS!!".

Nos metimos rápidamente entre unos arbustos
cercanos y luego nos asomamos con precaución.

La puerta principal se abrió y vimos a una figura andando por el sendero de la entrada.

"¡Espabila y haz pis ya, Fifi! ¡Hace un frío que pela!", dijo una voz familiar.

¡¡ERA MACKENZIE ☹!!

¡MIERDA! Voy a tener que terminar de escribir esto más tarde. Se trata de temas muy personales, y ¡MAMÁ ha irrumpido en mi habitación sin llamar a la puerta!

Ha dicho que en el Tiempo Compartido en Familia vamos a ir todos con Brianna a ver la última película de la Princesa Sugar Plum.

Y después cenaremos en el Queasy Cheesy.

¡AAAARJJJJ! ¡HORROR!

¡Me han dado arcadas solo de pensarlo!

¡No sé qué odio más, si las películas de la Princesa Sugar Plum o el Queasy Cheesy!

Supongo que todavía estoy traumatizada de cuando Mackenzie nos grabó a Brianna y a mí en vídeo mientras bailábamos en el Queasy Cheesy y luego lo colgó en YouTube.

Tengo que dejar de escribir, aunque la verdad es que no quiero.

CONTINUARÁ...

¿Por dónde iba cuando me interrumpieron tan BRUSCAMENTE? (me doy una palmada en la frente, intentando recordar).

¡Ah! ¡Estaba con la Gran Broma del Papel Higiénico!

"¡Espabila y haz pis ya, Fifí! ¡Hace un frío que pela!", le dijo Mackenzie a su caniche en tono quejoso.

Aunque era un jardín enorme, ese estúpido perro tuvo que ir a HACER PIS EXACTAMENTE en el mismo ARBUSTO en el que estábamos escondidas.

29

¡Dios mío! No movimos ni un músculo. Ni siquiera nos atrevimos a respirar.

"¿Qué te pasa, Fifí? Ahí no hay más que arbustos... Vamos, volvamos dentro".

Todas soltamos un suspiro de alivio al mismo tiempo. ¡FIU!

Entonces, de improviso, Fifí corrió bajo los arbustos y se abalanzó contra nosotras, ladrando como un pit bull rabioso.

"¡Guau, guau! ¡Guau, guau, guau! ¡Guau! ¡Guau, guau!".

"¡AAAAAAAHHH!", gritamos chocando unas con otras al tratar de escapar de esos arbustos.

Por supuesto, Mackenzie casi se desmaya del susto. Se quedó mirando aterrada y gritó todavía más fuerte que nosotras. "¡AAAAAAAAHHHH!".

Al darnos cuenta de que Mackenzie nos había visto, nos agarramos unas a otras y gritamos aún más. "¡AAAAAAAAHHHHH!".

Lo cual incrementó la histeria de Mackenzie y la hizo gritar más fuerte todavía. "¡AAAAAAAHHHH!".

Parecía que todo aquel jaleo de ladridos y gritos de pánico no iba a terminar NUNCA.

"¿NIKKI? ¿CHLOE? ¿ZOEY?", balbució finalmente Mackenzie. "¡Madre mía! ¡Me habéis dado un susto de muerte! ¿Qué estáis haciendo aquí fuera a estas horas?".

"Esto... Si te digo que estábamos dando un paseo y nos hemos perdido entre los arbustos, ¿te lo creerías?", pregunté.

"¡NO! ¡No me lo creería!", respondió ella cruzando los brazos y fulminándonos con la mirada.

"Eso sospechaba...", musité. "Bueno, ha sido un placer charlar contigo, pero tenemos que irnos...".

"¡Un momento! TENÉIS que explicarme un par de cosas. ¿QUÉ hacéis husmeando por mi casa? ¿Y QUÉ pinta un Conejito de Pascua el día de Año Nuevo?

~~El Conejito de Pascua~~ Chloe, Zoey y yo nos quedamos mirando al suelo.

Puede que sea cobarde, pero al menos soy SINCERA, así que me sentí moralmente obligada a decirle la verdad a Mackenzie.

"Estábamos... en... empapelando un poco... tu... tu casa", tartamudeé.

"¿Estabais haciendo QUÉ?". Mackenzie miró alrededor y finalmente vio las tiras de papel higiénico colgando de los árboles. "¡No puede ser! Nikki, no me puedo creer que...".

"NO es culpa suya. Ha sido idea MÍA", salió Zoey en mi defensa. "La he retado a hacerlo".

"Sí, pero jugar a Verdad o Reto ha sido idea MÍA", intervino Chloe agachando la cabeza. "Eso ME hace totalmente responsable".

"¡Vamos! ¿EN SERIO creéis que soy tan ESTÚPIDA como para tragarme que a unas ingenuas como vosotras se les ha ocurrido una broma tan original?", se burló Mackenzie.

Nos quedamos boquiabiertas.

"Hummm... ¡SÍ! ¡Creemos que eres ESTÚPIDA! ¡Y NO! NO somos tan ingenuas como para no poder pensar en una broma como esta", le contesté.

"¡Sí, vamos! Ni siquiera eres capaz de MENTIR de manera convincente", se mofó Mackenzie.

Entonces nos miró con desprecio, como si fuéramos algo que su caniche acababa de hacer en la acera.

MACKENZIE Y SU MIRADA DESPECTIVA

Entonces fue cuando se me pasó por la cabeza que no se creía ni una palabra de lo que le estábamos diciendo. Yo estaba... ¡ATÓNITA!

"¡Es obvio que esto lo han hecho un atajo de

graciosos para atraer mi atención! Los chicos están muy obsesionados conmigo".

Mackenzie se rio y pestañeó, como si flirteara con algún ligue invisible que solo ella podía ver.

"Mmm... Apuesto a que ha sido Brady o alguno de los del equipo de fútbol. O quizá Theodore y los lerdos de su pandilla...".

Se llevó las manos al corazón y puso cara de éxtasis.

"¡Oh, sí, ahora caigo! ¡Ya sé quién lo ha hecho! ¡BRANDON!", chilló. "¡Nikki, debes de estar muy celosa! ¡Al fin y al cabo ha empapelado MI casa y no la TUYA! ¡Pues te aguantas!".

"Mackenzie, te diré cuatro palabras: No-Tienes-Ni-Idea", le espeté clavando la mirada en sus diminutos ojos malvados. "Pero, como somos las responsables de haber montado este caos en tu jardín, me parece justo que seamos nosotras las que lo arreglemos".

De pronto me miró entornando los ojos.

"¿O sea que venís en mitad de la noche para recoger el papel higiénico de MI jardín? Pero ¿POR QUÉ? Ah, claro, ¡no queríais que lo viera! ¡Así no me enteraría de que Brandon está ENAMORADO de mí! ¿Es eso?".

Puse los ojos en blanco y le dije: "¡No, Mackenzie! Brandon no tiene nada que ver con...".

"¡Estás MINTIENDO! ¡Ese papel higiénico ME pertenece! ¡Así que no te atrevas a tocarlo! Si Brandon se ha metido en todo este lío, debe de ser porque le gusto DE VERDAD. Y por eso estáis merodeando por aquí, tratando de ARRUINAR mi vida sentimental".

"¿YO? ¿Arruinar SU vida amorosa?".

¡LO SIENTO! Pero estoy DEMASIADO ocupada arruinando la mía. Por eso no tengo ninguna.

Mackenzie piensa que el mundo gira a su alrededor, y yo me moría por hacer estallar esa burbujita en la que vivía. Pero hablar con una mema pretenciosa como ella es como intentar comerse una lata de SARDINAS PASADAS...

¡¡NÚTIL y REPUGNANTE!

← MACKENZIE

SARDINAS →

"¡Como tú digas, Mackenzie!", me resigné. "Piensa lo que quieras. Somos nosotras las que hemos envuelto tu jardín en papel higiénico. ¡Estamos CANSADAS! Así que nos vamos a CASA".

Chloe, Zoey y yo recogimos los cilindros de cartón del papel higiénico que habían quedado desparramados por el jardín y nos dirigimos hacia la salida.

Tal vez fuéramos unas gamberras, pero NO unas guarras incívicas.

"¡DEVOLVEDME ESO AHORA MISMO! ¡ES MÍO!",
chilló Mackenzie. "¡Devolvédmelos o llamo a la policía!
¡Es un delito llevarse cosas de una propiedad privada!
¡FRACASADAS!".

Chloe, Zoey y yo nos quedamos heladas y nos miramos
unas a otras sin dar crédito. Entonces VOLVIMOS a
tirar en su jardín los tubos de cartón del papel higiénico.

¡Estaba como una CABRA!

"¡Ah! Y a todo esto... ¡FELIZ AÑO NUEVO!", dijo
alegremente Mackenzie, en tono feliz y amistoso.

¿He dicho ya que esa chica es ESQUIZOFRÉNICA?

Caminábamos hacia la casa de Zoey en absoluto
silencio. Aquella experiencia había sido totalmente...
¡SURREALISTA!

De pronto, Chloe soltó una risita. Luego a Zoey se
le contagió la risa y, por último, yo también empecé
a soltar carcajadas. Nos reíamos tanto que íbamos
haciendo eses por el sendero.

"Menos mal que Mackenzie no nos ha creído. De lo contrario, probablemente estaría enterrando nuestros cadáveres en su jardín", dije sofocada de risa.

"¡Eh, que conste que nosotras hemos tratado de contarle la verdad! Pero tiene un ego tan hinchado que un día de estos estallará", resopló Zoey.

A pesar de todo, creo que aquella noche mis BFF y yo aprendimos dos lecciones muy valiosas.

1. La venganza no merece la pena, y

2. Nadie ENGAÑARÁ a Mackenzie mejor que... ¡la propia MACKENZIE!

¡Parece que el Año Nuevo ha tenido un buen comienzo!

¡¡☺!!

¡Adivina qué correo electrónico he recibido hoy! Una invitación para la...

¡FIESTA DE CUMPLEAÑOS DE BRANDON!

¡¡YUUUJUUU ☺!!

Estaba tan contenta que he bailado mi "danza de la felicidad" de Snoopy.

Será el viernes, 31 de enero. ¡Casi no puedo esperar!

Chloe, Zoey y yo estamos invitadas, pero Mackenzie, no. Tengo que admitir que me da un poco de pena ☹.

¡PARA NADA! ¡Se siente, Mackenzie ☺!

Tenía tantas ganas de ir a la fiesta de Brandon
que ha recurrido a sus sonrisas, su pestañeo, y eso
de retorcerse coquetamente un mechón de pelo con
la intención de HIPNOTIZARLO y conseguir que la
invitara. Pero no le ha funcionado.

En cualquier caso, no tengo ni la más remota
idea de lo que le voy a regalar a Brandon por su
cumpleaños. Pero al menos he ahorrado suficiente
dinero para comprarle algo bonito.

Estaba pensando en llevarle a cenar a un restaurante
italiano muy pintoresco. Y compartir un romántico
plato de espaguetis, como en mi película preferida,
La Dama y el Vagabundo. ¡SIIIIII!

Hablando de comida, Brianna y yo fuimos al Crazy
Burger, ese sitio nuevo del centro comercial. Hacen
unas hamburguesas enormes que dicen que están
deliciosas. Sin embargo, en cuanto las pedí, ya no
estuve tan segura de que la comida fuese tan
saludable...

43

Yo me refería a... Mmm, ¡NO TIENE IMPORTANCIA!

¡Pero estaba MUERTA DE HAMBRE!

Estaba TAN hambrienta que podría haberme comido la hamburguesa de gomaespuma que coronaba su sombrero hortera y ridículo.

Con esos ojos saltones de plástico y todo.

Y no te lo pierdas: aquellos sombreros tan chorras se vendían al precio de 7,99 dólares. Pero ¿QUIÉN en su sano juicio se iba a comprar uno?

De todas maneras, aquella hamburguesa estaba riquísima y era supersabrosa. A Brianna también le encantó la suya.

¡Eh! ¡Tal vez Brandon y yo podríamos disfrutar de una elegante cena a la luz de las velas en el Crazy Burger por su cumpleaños!

(NO VA EN SERIO)

¡¡☺!!

Hoy he recibido una noticia superguay de Trevor Chase, el productor del famoso programa de televisión *15 Minutos de Fama* y miembro del jurado del Concurso de Talentos del Wetchester Country Day.

El pasado noviembre formé un grupo musical que se llamaba Aún No Estamos Seguros. Ya sé que es una locura de nombre para una banda. Se suponía que íbamos a ser Los Pedorreicos. Pero Mackenzie metió su gran nariz en mis asuntos personales y casi lo estropea todo.

Su grupo de baile ganó el Concurso de Talentos del WCD y la posibilidad de hacer una audición para participar en el programa de televisión.

Pero Trevor quedó tan impresionado con MI grupo que nos dijo que grabásemos una canción que habíamos escrito, titulada "La ley de los pedorros".

¿Te LO puedes creer?

El caso es que estaba en mi habitación cuando me ha sonado el móvil. Era Trevor...

He llamado a Chloe, Zoey, Brandon, Violet y Theo y les he comunicado la estupenda noticia. Hemos decidido que el grupo comenzaría a ensayar de nuevo una semana antes de quedar con el señor Chase.

¡Oh, Dios mío! ¿No sería fantástico que nos fuéramos de gira y actuáramos de teloneros para Lady Gaga o One Direction? Podríamos convertirnos en músicos profesionales.

Imagina cómo serían nuestras vidas si fuéramos estrellas del pop. Saldríamos en las portadas de todas las revistas musicales, y puede que incluso tuviéramos nuestra propia marca de perfume.

Lo mejor es que Brandon y yo podríamos protagonizar una película de éxito titulada *Musical en el Instituto*. Sobre dos pedorros que se ENAMORAN. ¡YAAAJUUU!

Seguro que ganaría un Oscar a la Mejor Película.

¡Eh! ¿Qué podría ocurrir? ¡Chínchate, Mackenzie!

¡¡☺!!

Hoy ha sido el primer día de clase después de los quince días de vacaciones de Navidad.

Tengo que reconocer que no tenía ningunas ganas de ver a Mackenzie.

Estaba SUPERpreocupada por Chloe, Zoey y por mí, por las consecuencias de haber adornado su jardín con papel higiénico.

¿El colegio llamaría a nuestros padres?

¿Nos castigarían?

¿Nos expulsarían?

¿Nos detendrían?

A pesar de todo, preferiría cualquiera de estas posibilidades a tener que escuchar a Mackenzie chismorreando sobre su inexistente ADMIRADOR SECRETO...

¡¡NIKKI!! NO SÉ QUÉ ESTÁBAIS HACIENDO EN MI CASA ESA NOCHE, PERO TE LO ADVIERTO: NO METAS LA NARIZ EN MIS ASUNTOS.

Aquella chica era como un soplo de mal aliento en la cara.

"Mackenzie, ya me disculpé y me ofrecí a limpiarlo todo. Como ya te expliqué, Chloe, Zoey y yo solo estábamos haciendo el tonto".

"¡Mentirosa! ¡Estás celosa porque Brandon es mi admirador secreto! Lo siento, pero quien le gusta soy YO, no TÚ. No es culpa mía que parezca que se ha prendido fuego en tu cara y alguien ha tratado de apagarlo con un tenedor".

"Y no es culpa mía que no tengas nada en la cabeza y que, cada vez que abres la boca, se oiga el oleaje del mar", le repliqué.

"Te advierto, Maxwell. ¡Quítate de en medio o lo lamentarás! Al fin y cabo, no perteneces a este colegio".

Cuando Mackenzie pronunció estas palabras, sentí un escalofrío por toda la espalda. Pero ¡tenía razón!

Yo NO pertenecía a aquel colegio. Solo estaba allí gracias a una beca que mi padre había conseguido tras negociar un contrato para encargarse de fumigar el colegio.

MacKenzie es la ÚNICA alumna que conoce mi embarazoso secreto. Y, si los otros se enteran, me... arrastraré hasta... mi taquilla... para MORIRME de vergüenza.

MacKenzie esbozó una sonrisa de oreja a oreja, mientras me dedicaba un último insulto.

"¡Por cierto, me encanta tu peinado de hoy! ¿Cómo te las apañas para que el pelo te asome así, por el agujero de la nariz?".

Cerró su taquilla de un portazo y se marchó contoneándose. ODIO cuando hace eso.

A la hora del almuerzo, todo el colegio rumoreaba que Brandon estaba enamorado de Mackenzie.

El cotilleo decía que Brandon se había pasado una hora empapelando el jardín de Mackenzie: había sido una broma para atraer su atención. Luego había depositado una docena de rosas y una caja de bombones Godiva en su puerta, había tocado el timbre y había huido. Nikki Maxwell estaba TAN celosa que, en plena noche, había ido hasta allí con sus mejores amigas para intentar recoger el papel higiénico y estropear la sorpresa.

¡Por favor! Esa historia es TAN ridícula que estoy segura de que nadie se la va a creer. Además, Mackenzie no tenía ninguna prueba...

¡¡Excepto la foto del jardín, en tamaño 20x25 centímetros!!

Estaba tan orgullosa que hizo una fotografía del jardín con su teléfono móvil. He oído que incluso la ha subido a Internet.

Y, durante el almuerzo, todas las chicas del grupo GSP se arremolinaron alrededor y se quedaron extasiadas ante la foto, como si fuera un retrato de Justin Bieber de bebé, o algo por el estilo.

Pero a mí lo que más me preocupaba era Brandon. Ya tenía suficientes problemas en su vida: solo faltaba que Mackenzie y yo le creásemos más.

Espero que este cotilleo sin importancia no afecte a nuestra amistad.

Aunque tengo el presentimiento de que arruinar nuestra amistad es EXACTAMENTE lo que pretende Mackenzie.

¡¡☹!!

¡AAAAAAAAAAHH!

(Esa soy yo gritando.)

¡Estoy teniendo un ataque de histeria!

¿POR QUÉ?

Porque cuando esta mañana he ido a desayunar, he visto a un desconocido con traje de ejecutivo de pie en la cocina.

¡Y ahí va eso!

Mamá le ha dado una taza de café y luego le ha plantado un besazo enorme...

¡En la boca!

Yo he estado a punto de gritar: "¡MAMÁ! ¿QUÉ ESTÁS HACIENDO? ¡¡TÚ ESTÁS CASADA CON PAPÁ!!

¡Entonces me he dado cuenta de que se trataba de mi padre!

Tengo que admitir que, cuando se arregla, está muy guapo.

"¡Papá, estás muy elegante! ¿A qué se debe?", le he preguntado al tiempo que engullía un enorme trozo de tarta de fresa.

"¡Gracias al gran prestigio de Fumigación de Insectos Maxwell, me ha surgido una interesante oportunidad de negocio!", sonrió papá muy orgulloso.

No he querido aguarle la fiesta, pero mi padre va de un lado a otro de la ciudad con una furgoneta que tiene encima una cucaracha de plástico de dos metros.

Quiero decir, ¿cómo se puede tener un GRAN prestigio así? Tan solo es una opinión.

Mi padre ha seguido diciendo: "Esta mañana tengo una reunión con el dueño de la empresa más importante de la ciudad: Hollister Holdings, S.A.".

Mi primera reacción ha sido quedarme contemplando a mi padre con los ojos como platos.

Y luego me he atragantado con la tarta y, con la boca llena, he logrado decir...

¡DIOS MÍO! ¡PAPÁ! ¿HAS DIZO HOLLIZTER?

He sentido como si un pedazo enorme de tarta se me hubiera quedado atascado en la garganta. Aunque también podría ser que el terror y un ataque agudo de ansiedad me hayan causado esa sensación de asfixia.

"¡Sí! Me reuniré con Marshall Hollister. Tu madre dice que su hija va a tu colegio y que sois buenas amigas".

¡De pronto he sentido que la cabeza se me iba y que la habitación comenzaba a dar vueltas!

"Pero, papá, ¿cómo sabes que se trata de una reunión de negocios? Puede que quiera hablarte de otras cosas, como... mmm, ¡yo qué sé! Algo chocante y sorprendente que esté relacionado... ya sabes, mmm... con mucho papel higiénico... y árboles...".

"¿¿Qué??". Papá me ha mirado totalmente perplejo. "Ni siquiera conozco a ese tipo. ¿De qué MÁS querría hablarme Marshall el ricachón, si no es de un acuerdo comercial?".

"No... no tengo la menor idea", he tartamudeado.

Y entonces le he mirado directamente a los ojos y le he suplicado desesperadamente:

"¡PAPÁ! ¡POR FAVOR! ¡NO VAYAS A ESA

REUNIÓN! TENGO UN MAL PRESENTIMIENTO.
SI DE VERDAD ME QUIERES, ¡NO VAYAS! POR
FAVOR, PROMETÉMELO".

Pero ha debido de pensar que estaba de broma o algo
así, porque se ha reído y me ha besado en la frente.

"¡Hija mía! Tú y tu madre estáis más nerviosas que yo
con esta reunión. Vamos, tranquilas. En lo que refiere
a los negocios, soy un tiburón astuto y despiadado.
Lo tengo TODO controlado. ¡Podéis llamarme
SEÑOR NEGOCIANTE!".

"¡Bien, Señor Negociante!", rio mi madre. "Tu
corbata está flotando en el café y tienes el bigote
manchado de mermelada. ¡Me parece que el astuto y
despiadado tiburón debería subir a lavarse la cara
y cambiarse de corbata!".

Papá sacó su corbata del café y la miró disgustado.

"¡Vaya por Dios! ¡Es mi corbata de la SUERTE! ¡Y
ahora está hecha UNA PENA!", gimoteó como un niño
de cinco años.

Es bastante obvio que Mackenzie se ha chivado, y ahora SU padre quiere hablar con el MÍO.

Lo cual significa que en cualquier momento del futuro inmediato, ¡mis padres van a MATARME!

No sé si hacer las maletas para huir de casa y convertirme en una adolescente vagabunda, ANTES o DESPUÉS del colegio.

Claro que debo tratar de avisar a mis BFF, Chloe y Zoey, de que probablemente el padre de Mackenzie también hablará con SUS padres.

Así que está decidido.

Me escaparé de casa DESPUÉS del colegio.
¡¡☹!!

¿QUÉ está pasando aquí?

MacKenzie ha estado SUPERsimpática conmigo durante los dos últimos días.

Y, a pesar de que ayer SU padre y el MÍO tuvieron esa famosa reunión, ella TODAVÍA sigue alardeando de que Brandon adornó su jardín con papel higiénico.

¡Cosa que es ABSURDA!

Y, lo que aún es más extraño: mis padres no me han dicho NADA de que...

1. ME LA HAYA CARGADO,

2. TENGAN UN DISGUSTO ENORME o

3. SEA UN MAL EJEMPLO PARA MI HERMANA, BRIANNA.

... ¡Y esto me está volviendo completamente LOCA!

Ya estaba empezando a creer que habían decidido emplear alguna estrategia de "psicología educativa inversa" inspirada en el programa del Dr. Phil como castigo. Para que me sintiera avergonzada.

Porque juro que estaba tan NERVIOSA y me sentía tan CULPABLE que quería confesar lo que hice, echarme a mí misma una gran bronca, renunciar a mis privilegios y quedarme en casa el resto del año.

Pero en cuanto he regresado a casa después del colegio, todo ha comenzado a cobrar sentido.

Mi padre estaba en la parte delantera del jardín, con un flamante equipo de fumigación de avanzada tecnología.

¡Madre mía! Incorporaba un Potentísimo Rociador X-14 Antibichos B con veinticuatro boquillas acoplables diferentes EZ, una Careta Respiramás Ventilada, una Bombona-Mochila Contenedora Ultraligera de Doble Depósito, y un uniforme azul de fibra de poliéster y algodón de diseño de Tommy Hilfiger.

Papá había llenado con agua el rociador y estaba

jugando con él, como un niño con su pistola de agua Superremojadora, o algo así.

Pero lo que me ha alterado de verdad NO ha sido la nueva y reluciente furgoneta azul que había aparcada, sino el nombre de la empresa con que estaba rotulada...

¡Y entonces me he dado cuenta de que mi padre había vendido su alma al diablo!

Por lo que a mí respecta, ahora la familia Maxwell es PROPIEDAD de la familia Hollister.

Papá me ha saludado con la mano y me ha sonreído. "¡Hola, cariño! ¿Qué tal el colegio hoy?".

"¡Horroroso! Papá, ¿de dónde has sacado todas estas cosas?".

"¡Oh, no son mías! Quiero decir, todavía. Ayer la reunión con Marshall Hollister fue de maravilla. Es propietario de siete bloques de apartamentos y cuatro edificios de oficinas, y tiene en mente ampliar el negocio este año. Su técnico en control de plagas se ha jubilado y quiere que le sustituya durante algunas semanas hasta que encuentre a otro y lo entrene...".

"¿Es solo temporal?", lo interrumpí. "¡Menos mal!". Me había quitado un buen peso de encima.

"Marshall dijo que su hija ha hablado muy bien sobre

el trabajo de fumigación que he llevado a cabo en tu colegio. Y al parecer esa niña DETESTA a todo el mundo. ¡Incluso a él!", dijo mi padre riendo entre dientes.

"Pero ¿qué vas a hacer con TUS clientes? ¿De dónde vas a sacar tiempo para atender tu propio negocio Y trabajar al mismo tiempo para el señor Hollister?".

"Dijo que podía organizarme mi propio horario. Y me ha autorizado a usar su nueva furgoneta y este equipo tan sofisticado. Pero lo mejor de todo es el dinero extra. Trabajar para el señor Hollister es una oportunidad sensacional y pienso aprovecharla".

¡Y aquí se me ha ocurrido algo terrible!

¿Qué pasaría si mi padre dejara su negocio para trabajar para el señor Hollister a tiempo completo? ¡Entonces yo perdería mi beca en el WCD y tendría que trasladarme a otro colegio!

¿Y si era eso lo que planeaba Mackenzie? Me he venido abajo.

¡NO podía creer que mi padre fuera a arruinarme así la vida! Pero sabía que esto NO tenía que ver con él. El origen de todo estaba en la gran metedura de pata que tuve con Mackenzie en Año Nuevo.

Y ahora el hada madrina de papá (el ricachón Marshall Hollister) se le había aparecido prometiendo que podía convertirlo en una Cenicienta fumigadora.

EL HADA MADRINA DE PAPÁ

¡DIOS MÍO!

PAPÁ →

Era MACKENZIE quien estaba destruyendo mi vida.
¡Como de COSTUMBRE!

"¡No te preocupes, cariño! Lo tengo todo controlado.
Puedes llamarme...".

He terminado su frase. "¡Señor Negociante! Un
astuto y despiadado tiburón para los negocios, ¿no?".

"¡Sí!", ha exclamado papá, y me ha dado un gran
abrazo. Luego ha seguido rociando con agua sus
supuestas pulgas de nieve o lo que fuesen.

Me he ido directamente a mi habitación y me he
pasado una hora llorando.

Ahora estoy sentada en el borde de la cama: por
alguna razón, eso siempre me hace sentir mucho mejor.

La posibilidad de tener que separarme de mis amigas
del WCD me deprime mucho.

¿POR QUÉ mi vida es un sumidero profundo... y
oscuro... de penas... y lamentaciones?

YO, MIRÁNDOME EN EL SUMIDERO
DE MI VIDA

A juzgar por lo mucho que le gusta a mi padre su nuevo empleo, SEGURO que tendré que cambiar de colegio.

Solo me queda intentar aferrarme a la beca que me concedieron tanto tiempo como pueda.

¡Cosa nada fácil con Mackenzie tratando de destruir mi vida!

¡¡AAAAAAAAAAAAH!!

¡Esta soy yo, soltando un grito de frustración!

Se supone que ahora tendría que estar en la primera clase del día. Pero me he escondido en el cuarto de baño y estoy escribiendo en mi diario, tratando de no tener una crisis nerviosa.

¡Acabo de tener una gran discusión con Mackenzie, y ahora el asunto de la Gran Broma del Papel Higiénico se ha convertido en un DESASTRE!

Todo ha empezado cuando me he pasado por secretaría para conseguir un ejemplar de nuestro Manual del Estudiante. Estaba SUPERpreocupada y necesitaba saber qué decían las normas del colegio sobre las bromas.

¿Adivináis quién estaba allí de secretaria?

¡¡JESSICA ☹!! Que es la mejor amiga de Mackenzie. Se supone que solo tiene que trabajar

allí UNA hora al día, durante las horas de estudio.
Pero estoy empezando a sospechar que vive en la
secretaría CLANDESTINAMENTE o algo por estilo.

Sabía que se lo iba a contar todo a Mackenzie.

Claro que no le iba a hacer falta, porque la última persona con la que me apetecía encontrarme estaba allí sentada con Jessica, cotilleando y pintándose las uñas...

¡¡MACKENZIE ☹!!

Puede que esté paranoica, pero ¡estas dos chicas siempre aparecen en los momentos más INOPORTUNOS de mi vida!

Como dos VERRUGAS... Dos verrugas vivientes adictas a la barra de labios que no paran de cotorrear.

He estado a punto de dar media vuelta y huir de allí gritando, pero al final me he limitado a aclararme la garganta, les he mostrado una sonrisa y he dicho en tono amistoso: "Ejem, siento interrumpiros, chicas. Pero quisiera un ejemplar del Manual del Estudiante, por favor".

Jessica ha levantado la mirada de sus uñas y se me

ha quedado mirando, como si acabase de ver a un bicho saliendo de una alcantarilla. Me ha parecido que estaba SUPERmolesta cuando ha dicho...

NIKKI, ¿NO VES QUE ESTOY OCUPADA? ¡MIS UÑAS TARDARÁN EN SECARSE AL MENOS OTROS DOCE MINUTOS! VUELVE LA SEMANA QUE VIENE.

JESSICA, ARREGLÁNDOSE LAS UÑAS

No podía creerme que Jessica me hubiera dicho eso a la cara. ¡Es la PEOR secretaria que he visto NUNCA!

Entonces Mackenzie me ha lanzado una mirada de odio, ha cogido un Manual de detrás del mostrador y me lo ha arrojado de mala manera...

"Jessica, Nikki necesita el Manual para leer la parte que dice que los estudiantes que hagan gamberradas y causen daños en la propiedad privada serán automáticamente expulsados del colegio. Está en la página 128. ¡Léelo y ponte a llorar, Nikki!".

Me temblaban tanto las manos que apenas podía sujetar el libro. Lo he abierto por la página 128 y la he leído rápidamente.

"¡Espera un momento!", he dicho. "Aquí dice que 'Los estudiantes que hagan alguna gamberrada se quedarán castigados después de clases. La destrucción intencionada de propiedades ajenas puede acarrear la expulsión del colegio'. Nadie ha destruido propiedad alguna, Mackenzie".

"Pues yo creo que MERECES que te expulsen del colegio. Colgar papel higiénico de los árboles no es tan grave, pero arrojar HUEVOS contra una casa puede causar daños. Y creo recordar que aquella noche vi huevos tirados por todas partes. ¿Tú no los viste? Estoy convencida de que esos huevos causaron daños en mi propiedad".

"¡¿Qué?! Sabes perfectamente que NO HABÍA ningún HUEVO en tu jardín. Nosotras no tiramos ningún...".

"Bueno, ¡pues ALGUIEN lo hizo! Y si no fuisteis vosotras... ¿podría ser... no sé... mi admirador secreto?", ha insinuado, con una sonrisa maligna.

"¡No puedo creer que acuses a Brandon de colgar papel higiénico de los árboles y lanzar HUEVOS a tu casa! ¿Cómo puedes MENTIR así? ¡Sobre todo sabiendo que le podrían expulsar del colegio!", le he gritado.

MacKenzie se me ha quedado mirando con esos ojos pequeños y brillantes que tiene durante lo que me ha parecido una ETERNIDAD.

"En realidad, Nikki, estoy segura de que todo ese asunto de los huevos se me olvidaría si alguien fuera capaz de conseguirme un par de invitaciones para que Jessica y yo podamos asistir a la fiesta de Brandon...".

Entonces ha bajado la mirada con expresión inocente.

Yo estaba tan alucinada que casi me caigo de espaldas.

¡No podía creer lo que acababa de oír!

He tenido que contenerme para no abalanzarme sobre esa ESTÚPIDA y ABOFETEARLA. Nunca se me ocurriría arrojarle huevos a nada ni a nadie, porque eso no se hace.

Pero en aquel momento estaba tan ENFADADA con MacKenzie por ser tan falsa, manipuladora y MENTIROSA, que he visto muy claro lo que haría con una docena de huevos...

"Perfecto, Mackenzie. ¿Y si ese alguien no consigue las invitaciones...?", le he preguntado.

"¡Ah, no sé! Puede que escriba sobre este asunto en mi columna de cotilleos... Quiero decir, la sección de Moda y Temas de Actualidad del periódico del colegio. ¡Cuando el director Winston la lea, seguro que alguien será expulsado de la escuela! Así que tú misma".

Vale, quien la hace, la paga. Colgar papel higiénico en los árboles del jardín de Mackenzie fue una metedura de pata, y no me importa que me obliguen a quedarme después de clase por eso. Me lo he ganado. Pero nadie ha arrojado huevos contra su casa, ni ha causado daños en su propiedad.

Y el hecho de que Mackenzie se invente MENTIRAS mezquinas para poder amenazarnos con la expulsión a menos que le consigamos invitaciones para la fiesta está muy mal por un montón de razones.

¡Que tenga que perder mi beca en el WCD porque mi padre haya decidido trabajar en exclusiva para el padre de Mackenzie ya está MAL! ¡Pero que echasen del colegio a Brandon por culpa de MI dichosa broma sería algo terriblemente INJUSTO!

No puedo permitir que eso suceda.

¡Tiene que haber ALGO que pueda hacer para detener a Mackenzie!

¡AAAAAAAAAAAAAAHHH!

Esa soy yo, gritando de frustración.

¡OTRA VEZ! ¡¡☹!!

Apenas he podido dormir esta noche.

Estaba acostada, completamente despierta,
intentando imaginar cómo parar a Mackenzie.

Lo único que podría hacer es ~~pedir~~ SUPLICAR a
Brandon que invite a Mackenzie y a Jessica a su fiesta.

Pero entonces si esas mentecatas teatreras e

histéricas estropean su CUMPLEAÑOS, habrá sido culpa mía.

No podría reprocharle a Brandon que se preguntara si soy su amiga o más bien una marioneta estúpida de Mackenzie.

Así que mi ÚNICA opción es tratar de conseguir un puesto en el periódico del colegio.

Al menos así podría tratar de evitar que publicase cosas sobre Brandon, Chloe, Zoey y yo que nos valieran la expulsión del colegio.

Si tuviera vigilada de cerca a Mackenzie, podría hacerla callar informando sobre ella al consejero del periódico ANTES de que tuviera tiempo de causar problemas.

Lo MALO es que no sé nada sobre trabajar en un periódico escolar. Excepto por TRES cosas:

1. Está relacionado con escribir, y yo estoy acostumbrada a escribir en mi diario.

2. El periódico tiene también tiras cómicas y caricaturas, y soy aficionada al dibujo.

3. Y además está mi amor, Brandon, ~~y estoy loca por él.~~

Lo BUENO es que la semana que viene hay una reunión para alumnos interesados en formar parte de la plantilla del periódico.

¡Espero que todo esto funcione!

Durante la clase de educación física, he hablado de mi plan a Chloe y Zoey, y les ha parecido muy buena idea.

Por supuesto, me he callado la parte de que quiero entrar en el periódico para evitar que Mackenzie consiga que nos expulsen a todas del colegio con sus mentiras y sus falsedades.

Y cuando les he dicho que estaba preocupada porque lo único que he escrito en serio era mi diario, Chloe y Zoey me han asegurado que lo iba a hacer bien.

Han dicho que solo una persona que no estuviera en sus cabales podría escribir un diario sin faltar un solo día, como hago yo, y seguir sin tener NI IDEA de escribir.

Han sido TAN DULCES haciéndome ese cumplido.

Creo.

Me he emocionado y mis ojos han soltado unas lagrimitas mientras hacíamos sentadillas...

¡CHICAS, SOIS LAS MEJORES AMIGAS DEL MUNDO!

YO, SUPEREMOCIONADA MIENTRAS HACÍAMOS SENTADILLAS

¡Y toma nota de esto!

Chloe y Zoey han dicho que me ayudarían con el trabajo del periódico.

SIEMPRE están ahí, respaldándome. ¡Soy muy AFORTUNADA de tener unas amigas como Chloe y Zoey!

También han dicho que entrar en el periódico del colegio es una oportunidad perfecta para que Brandon y yo estemos más tiempo juntos.

¡Pues claro! ¡¡Ya lo había pensado ☺!!

¡Seguro que Mackenzie se va poner MUY celosa!

Y Chloe y Zoey han tenido la magnífica idea de que le pida a Brandon que me ayude a encontrar un puesto en el periódico, porque conoce MUY BIEN cómo funciona.

Se va a quedar muy sorprendido e impresionado cuando aparezca por la redacción el lunes a la hora del almuerzo.

No hemos hablado mucho durante esta semana, porque ha estado muy callado.

Estoy segura de que ha oído ese estúpido rumor de que ha sido el responsable de adornar el jardín de Mackenzie con papel higiénico y que le ha dejado esos espléndidos regalos porque está enamorado de ella.

Pero lo más TERRIBLE de todo esto es que Mackenzie le está tendiendo a Brandon una trampa para que parezca culpable por algo que hice yo, y el único modo de salvarlo es poner en peligro nuestra amistad y conseguirle a Mackenzie una invitación a su fiesta.

Me encantaría poder aclarar las cosas y decirle a todos lo que sucedió EN REALIDAD aquella noche.

Pero lo último que tengo que hacer ahora es iniciar la Tercera Guerra Mundial contra Mackenzie. Especialmente cuando podrían resultar perjudicadas personas que me importan.

Como Chloe y Zoey.

Y también Brandon.

Y... ¡Oh, Dios mío!, casi me olvido: ¡incluso MI PADRE!

De todos modos, me cuesta imaginarme trabajando con Brandon en el periódico.

¡TODOS LOS DÍAS!

¡YAAAAJUUU! ¡Quién iba a pensar que una situación tan desastrosa podría volverse tan... AGRADABLE!

Por una vez, estoy impaciente por que llegue el lunes para poder ir por ir al colegio.

Estoy deseando contarle mis planes a Brandon.

Y cuando esté en el periódico, vigilaré como un halcón a Mackenzie para que no cause complicaciones.

Lo único que TODAVÍA me preocupa es mi talento para escribir. Porque VOY a trabajar en un PERIÓDICO.

Quiero decir que podría ser tan desastroso como apuntarme a una exhibición benéfica de patinaje sobre hielo sin haberme probado nunca unos patines. ¡GLUPS!

Recuerdo esa vez, en segundo curso: tenía que incluir en el libro de recetas de mi clase la receta secreta de mi familia para hacer Cuadraditos Crujientes. El libro de recetas era un regalo para el Día de la Madre.

Mi abuela dijo que esa receta se había transmitido de generación en generación, desde hacía dieciséis generaciones. Al parecer, un antepasado mío la sirvió como postre oficial en el primer banquete de Acción de Gracias, allá por el año 1621.

Así que me quedé muy SORPRENDIDA cuando, hace un par de meses, al leer el dorso de una caja de cereales, ¡encontré LA MISMA RECETA!

YO, LEYENDO LA RECETA SECRETA DE MI FAMILIA EN LA CAJA DE CEREALES

¿No es increíble?

¡Es flipante!

Especialmente después de que mi abuela me dijera
que era un secreto de familia desde 1621.

Me dejó alucinada que la gente pudiese ser tan
descaradamente tramposa.

¿Adónde han ido a parar la sinceridad y la integridad?

Quiero decir que la marca de cereales debería
avergonzarse de haberse APROPIADO de nuestra
receta de los Cuadraditos Crujientes y exhibirla así
en un paquete de cereales.

Creo que deberíamos emprender alguna acción legal
o algo así.

Pero como en segundo curso aún no escribía muy bien,
la receta secreta de mi familia que reproduje era
~~un poco~~ MUY diferente de la que había en la caja
de cereales . . .

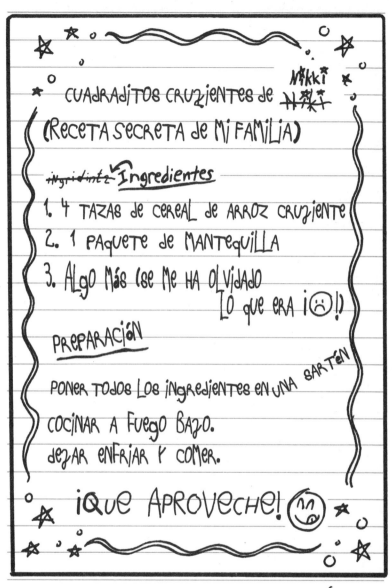

* CUADRADITOS CRUJIENTES DE ~~NIKI~~ Nikki

(RECETA SECRETA DE MI FAMILIA)

~~Ingridintz~~ Ingredientes

1. 4 TAZAS DE CEREAL DE ARROZ CRUJIENTE
2. 1 PAQUETE DE MANTEQUILLA
3. ALGO MÁS (SE ME HA OLVIDADO LO QUE ERA ¡☹!)

PREPARACIÓN

PONER TODOS LOS INGREDIENTES EN UNA SARTÉN

COCINAR A FUEGO BAJO.
DEJAR ENFRIAR Y COMER.

¡QUE APROVECHE!

LA RECETA FAMILIAR QUE ESCRIBÍ
CUANDO ESTABA EN SEGUNDO

Resultaba embarazoso, porque accidentalmente me dejé uno de los principales ingredientes de la receta.

¡Eh, que SOLO tenía siete años!

Aunque, pensándolo bien, si se trataba de una receta SECRETA, ¿por qué DESVELAR todos los ingredientes?

Además, mis deliciosos Cuadraditos Crujientes tenían muchas MENOS calorías que los aderezados con nubes de azúcar derretidas.

Ahora que lo pienso . . .

A lo mejor mi primer artículo para el periódico del colegio WCD podría ser la deliciosa receta secreta de mi familia para hacer Cuadraditos Crujientes.

(NO VA EN SERIO)

¡¡☺!!

¡No me lo puedo creer! ¡Hoy hay ocho centímetros de nieve más!

Estoy harta de que nieve, y solo estamos en enero. No sé si podré sobrevivir a otros dos meses fríos de invierno, deprimentes e inacabables.

Cuando lleguen las vacaciones de Semana Santa, Mackenzie y la mayor parte del grupo GSP se irán a algún sitio cálido, soleado y divertido.

¡Pero yo no! Probablemente tenga que quedarme en casa y ayudar a mamá con la LIMPIEZA DE PRIMAVERA. ¡¡☹!!

Daría cualquier cosa por estar relajándome en una playa soleada y cálida de Hawái. ¡Tiene que ser superguay!

Así que cuando mamá se puso pesada para que sacase a Brianna a jugar con la nieve, cogí unas gafas de sol y algunos juguetes para la playa, y decidí poner al mal tiempo buena cara. Justo en nuestro patio trasero . . .

De pronto, fue como si hiciera un clima tropical, y casi acabé con quemaduras del sol allí de pie, contemplando el fruto de nuestro trabajo.

Brianna y yo deberíamos habernos puesto el traje de baño, nos habríamos echado en una toalla de playa y habríamos disfrutado del sol, el surf y la nieve.

¿No soy genial?

¡¡☺!!

¡Hoy es el gran día! Pienso abalanzarme sobre Brandon y preguntarle si me puede ayudar a incorporarme al equipo del periódico.

Me he puesto un vestido muy guay que mi abuela me regaló en su última visita. Chloe y Zoey me han dicho que tenía un aspecto muy elegante y profesional.

Creo que tienen toda la razón, porque cuando estaba delante de mi taquilla pintándome los labios, Mackenzie ha venido a buscar algo de dinero para el almuerzo y me ha mirado de reojo con mala cara.

Se moría por preguntarme por qué me había puesto tan elegante. Pero yo he hecho como si no la hubiera visto.

No me sorprendería que estuviera espiándome.

¡Eh, que esa rata ya lo ha hecho antes!

He decidido adoptar el porte de "hábil periodista" para sentirme más segura:

¿Lápiz detrás de la oreja, para tomar notas y dar estilo? OK.

¿Barra de labios "Brillo de Chica Perspicaz"? OK.

¿Aliento fresco de menta verde para las entrevistas? OK.

¿Bloc de notas para anotar ideas brillantes (y para garabatos alucinantes)? OK.

¿Aspecto intelectual y calzado ligeramente incómodo? OK.

He hecho todo lo posible para parecer una periodista atrevida y genial, en lugar de una escritora analfabeta, que era exactamente como me sentía por dentro.

Finalmente he respirado hondo y he enfilado el pasillo hasta llegar a la Redacción del periódico.

He repasado la sala tratando de localizar a Brandon y, como de costumbre, he reconocido su pelo desgreñado detrás de una pantalla de ordenador.

¡Guau...! De pronto, me ha dado un mareo y se me ha ido la cabeza. Pero ¡en el BUEN sentido ☺!

Lo único que me preocupaba era acabar vomitando el batido de fresa y plátano que me había tomado para almorzar: seguro que eso arruinaría mi imagen de "intrépida periodista".

"¡Nikki!", Brandon ha sonreído, me ha saludado y me ha hecho un gesto para que me acercara. "¿Qué pasa?".

"He decidido apuntarme al periódico. Y como hoy los nuevos tenemos una reunión después de clase, he pensado que podrías ayudarme a encontrar alguna tarea que vaya conmigo y darme algunas ideas. Como formas parte del equipo y eres un fotógrafo SUPERprodigioso...", le he dicho roja como un tomate.

Brandon ha parpadeado, sorprendido. "¡No me digas! Estás de broma, ¿verdad?".

"¡Eh!, que tengo un cuaderno y un bolígrafo, y ¡NO me da miedo usarlos!", he exclamado para tomarle el pelo.

BRANDON Y YO CHARLAMOS SOBRE
MI INCORPORACIÓN AL PERIÓDICO

"¡Qué bien! Estaré encantado de ayudarte, Nikki. ¡Ya tengo ganas de leer tu primer artículo!".

"Mmm . . . ¡Gracias!", le he dicho toda sonriente, pero por dentro estaba hecha un manojo de nervios.

Con mi diario soy un hacha, pero seguro que esto de escribir en tono serio y aburrido, en plan periodista, NO se me dará tan bien.

Necesito un gran milagro: de lo contrario, lo único que va a hacer Brandon cuando lea mi primer artículo será dormir una buena SIESTA.

Brandon ha buscado rápidamente en su ordenador la lista de los puestos vacantes y ha empezado a leerla en voz alta.

"Bien, vamos a ver . . . Hay seis puestos para cubrir. Redactor ayudante de modas, deportes, noticias . . . ¡Eh, mira esto! Necesitamos un maquetador de gráficos. ¡Tú SERÍAS perfecta para eso!".

"¡Qué bien!", he gritado, "¡así pasaríamos mucho tiempo

juntos! Ejem... quiero decir, parte del tiempo jun-
juntos... Ya sabes, tra-trabajando en esas cosas...
mmm... de las maquetas", he tartamudeado.

"¡Eso sería genial!". Brandon se ha apartado el
flequillo de los ojos y me ha dedicado una sonrisa.

NO SOPORTO que haga eso. Me ha dado un ataque
de SMR (Síndrome de la Montaña Rusa) allí mismo,
delante de él. ¡Qué VERGÜENZA!

He perdido totalmente el control y he gritado:

"¡YUUUUUUJUUUUUUUY!"

Pero lo he hecho mentalmente, así que he sido la
única que lo ha oído.

Entonces se ha me ha quedado mirando y yo lo he
mirado a él. Y nos hemos sonreído.

Y, después de eso, no podía dejar de mirarle y él
también me miraba. Y al final los dos nos hemos
ruborizado.

¡Diría que ese juego de miradas, sonrisas y mejillas coloradas ha durado una ETERNIDAD!

BRANDON Y YO MIRÁNDONOS, SONRIÉNDONOS Y PONIÉNDONOS COLORADOS

Brandon y yo hemos pasado juntos lo que quedaba de la hora del almuerzo, charlando.

Incluso me ha enseñado las fotografías que piensa presentar a un concurso nacional el mes próximo.

¡Y además, hemos ido juntos a clase de biología!

Estoy deseando contarles a Chloe y Zoey lo bien que ha ido todo.

Aunque trabajar en el periódico resulte divertido, no debo olvidar mi objetivo principal.

¡Que Mackenzie mantenga la boca cerrada!

Vale, ella ha empezado esta guerra, pero ¡YO la voy a TERMINAR!

← ¡¡SOY LA CAMPEONA!!

Me siento tan frustrada que podría...

¡GRITAAAAAR!

Pero lo único que puedo hacer es seguir sentada en clase de geometría, totalmente distraída (como de costumbre), tratando de aparentar:

1. Que me importan mucho los cuadriláteros irregulares y

2. Que mi vida NO es el vertedero sin interés que ES en realidad.

Asistieron siete aspirantes a la reunión del periódico. Vinieron como media docena de miembros del equipo para contestar a las dudas y actuar como mentores, y entre ellos estaban Brandon y Mackenzie.

Me gustó la becaria de periodismo. Sobre todo porque era una persona CUERDA (a diferencia de nuestro tutor). Empezó la reunión diciendo: "Hola a todos. Me gustaría dar la bienvenida a los recién incorporados y agradeceros vuestra presencia. Me llamo Lauren Walsh. Soy estudiante de último año en el instituto WCD y becaria de periodismo. El señor Zimmerman, nuestro tutor, estará aquí en unos minutos. Ha pedido que los nuevos se sienten en la primera fila, así que por favor...".

MacKenzie soltó un bufido y puso los ojos en blanco al ver que tenía que ceder su asiento a un novato.

Siempre tiene que ser la PROTA. Me entraron ganas de decirle: "Vamos, Mackenzie, no te pongas así. ¿Tanto cariño le tienes a ESE pupitre? ¡Solo te falta ponerle visillos a juego, o algo así!".

Pero al final solo se lo dije mentalmente, así que la única que lo oyó fui yo.

Pronto apareció un hombre de mediana edad vestido con vaqueros y una chaqueta arrugada.

Llevaba una taza de café extragrande y del hombro le colgaba una cartera tan llena que iba dejando un rastro de papeles a su paso.

EL SEÑOR ZIMMERMAN

Con ese pelo despeinado y la barba de tres días que llevaba parecía un hippie.

Se sentó en una mesa muy desordenada y nos contempló con aire molesto.

Era como si fuéramos algo desagradable que se le hubiera quedado pegado en la suela del zapato.

Entonces sacó varias pastillas de menta PEZ del dispensador con cabeza de Scooby-Doo que tenía en la mesa y se las metió en la boca.

Después de pasarse un buen rato masticando ruidosamente los caramelos, por fin se decidió a hablar, sin apartar ni un instante la mirada de los que estábamos en la primera fila.

"Lauren, ¿de dónde ha salido esta gente?".

"Estos son los alumnos que quieren entrar en el periódico, señor Zimmerman".

"¿Y por qué están ahí sentados, mirándome?".

"Bueno, se han sentado en la primera fila, como dijo usted", contestó Lauren.

"Interesante. Muy interesante", murmuró en tono irónico. "Permitid que os pregunte una cosa, chicos y chicas".

Se levantó y empezó a pasearse arriba y abajo.

"¿Cuántos no habéis trabajado nunca en un periódico?".

Todos los que estábamos sentados en la primera fila levantamos la mano con entusiasmo, incluida yo.

"Vale. Así que no tenéis experiencia", dijo bajando la voz hasta convertirla casi en un susurro.

Había tanto silencio en la sala que podría haberse escuchado cómo caía un alfiler.

"Bien. Hoy es vuestro día de suerte, porque os voy a desvelar un secreto. Vais a saber en primera persona cómo se trabaja en el mundo del periodismo".

Nos inclinamos en nuestros asientos, esforzándonos por escuchar las perlas de sabiduría con que Zimmerman iba a obsequiarnos.

"Escuchad atentamente, porque solo lo voy a decir
una vez . . ."

¡ESTÁIS DESPEDIDOS!

Bien. No había ninguna duda.

¡Zimmermàn estaba como una CABRA!

Todo el mundo estaba aterrorizado.

La chica con ortodoncia que se sentaba a mi lado
rompió a llorar.

Lauren parecía atónita.

"Ejem, señor...". Corrió hasta él y le susurró algo al oído.

"¿Qué quieres decir con 'Son solo unos críos'?", dijo
Zimmerman con tono cáustico.

No pude oír lo que Lauren le estaba diciendo,
pero al parecer no le había gustado.

"¿No puedo? ¿En serio?".

Lauren negó con la cabeza.

"Ya veo". El señor Zimmerman suspiró. "Necesito
otro café para superar esto".

Lauren tomó nota en su cuaderno y salió volando
hacia la puerta.

"Que esté muy cargado", pidió él a sus espaldas. "Mi mujer dice que tengo que tomar menos azúcar".

Zimmerman cogió otro caramelo de menta y continuó paseándose arriba y abajo.

"Escuchadme, chicos. Tenemos seis vacantes", dijo mientras le entregaba al chaval que se sentaba en uno de los extremos de la fila la hoja de inscripción. "Espero que, desde hoy mismo, comáis, bebáis y respiréis periodismo: de lo contrario, no conseguiréis sobrevivir en este negocio. Me estoy jugando MI reputación ¡y NO quiero que se empañe! ¿Está claro?".

Aunque era una de esas preguntas de "Sí" o "No", todos nos quedamos mirándolo sin saber qué decir.

No nos daba miedo trabajar en un periódico.

Pero ese LUNÁTICO sin afeitar que no paraba de divagar sobre la "supervivencia" nos aterrorizaba.

Cuando me pasaron la hoja de inscripción, contuve el aliento y le eché un vistazo. Yo era la cuarta que firmaba y el puesto de maquetador para gráficos todavía estaba sin cubrir, así que me apresuré a anotar mi nombre al lado.

Tuve que contenerme para no ponerme a bailar mi "danza de la felicidad" de Snoopy.

Le pasé la hoja a la chica de la ortodoncia.

"Podría contaros algunas batallitas de cuando estaba en el *Wall Street Journal*", continuó el señor Zimmerman. "Pero no lo haré. Mi mujer dice que necesito olvidarlo... y también opina lo mismo mi psiquiatra. ¡A ver! ¿Dónde está esa hoja con los nombres de los que se han apuntado?", preguntó, recorriendo la sala con la mirada.

"Aquí está, señor Zimmerman", dijo Mackenzie agitando la hoja en el aire. "¡La tengo yo!".

Entonces se levantó y, después de cruzar la sala contoneándose, se la entregó al señor Zimmerman. "Gracias, señorita Hollister. Tomo nota de su dedicación y su capacidad para trabajar en equipo".

Era como si Mackenzie le hubiera lavado el cerebro, o algo por estilo.

Le sonrió y volvió contoneándose a su asiento.

¡No soporto esa manera que tiene de contonearse!

Zimmerman leyó rápidamente la lista de nombres.

"Mmm... Veo que uno de vosotros se ha echado atrás. ¡Bien! Prefiero que os marchéis ahora a que me hagáis perder el tiempo".

Intenté no mirar a la chica de la ortodoncia. Juraría que estaba a punto de echarse a llorar otra vez.

"Espero mucho de todos vosotros. ¡Y recordad que ahí afuera hay una selva!".

Zimmerman llamó uno por uno a los novatos y los fue presentando a los miembros del equipo del periódico con quienes iban a trabajar.

Esperé ansiosa a que me llamara a mí.

Me quedé algo desconcertada cuando Marcy, la chica de la ortodoncia, fue asignada a Mackenzie como redactora ayudante de la sección de modas.

Como no había parado de llorar, creí que era la persona que había decidido abandonar.

"¡Hola, soy Marcy! Vine a vivir aquí hace seis meses, desde Boise, Idaho. ¡Me encantará trabajar contigo, Mackenzie!", dijo la chica, entusiasmada.

"¡Y a mí me encantará trabajar CONTIGO!", repuso Mackenzie arrugando la nariz como si Marcy apestara a pies.

"NO soy una apasionada de la moda, pero he diseñado y confeccionado el vestuario completo de mi colección de muñecas Barby", dijo Marcy sonriendo con orgullo.

"¡Qué original! Este es nuestro primer trabajo: cubrir un cambio de look urgente. En la tienda de Fab-N-Flirty Fashions están de rebajas", dijo Mackenzie mientras garabateaba rápidamente en su cuaderno. "Nos encontraremos en el centro comercial en cuanto terminen las clases".

"¡Oh, genial! ¡Parece muy interesante! ¿QUIÉN va a cambiar de look?", preguntó Marcy.

Esa pobre chica me dio mucha lástima.

Marcy todavía no había decidido abandonar, aunque teniendo que tratar con Mackenzie, solo era una cuestión de tiempo.

Le di veinticuatro horas. Tal vez menos.

Volví a centrarme en el señor Zimmerman.

"Por último, pero no menos importante, emparejaremos al maquetador de gráficos con... veamos...".

"¡Brandon! ¡Brandon! ¡Brandon!", grité mentalmente.

"¡Bien! ... ¿Qué tal BRANDON?".

¡¡SÍ!! Me volví hacia Brandon, sonriente. ¡No podía creer que fuéramos a trabajar juntos!

"Brandon, serás el mentor de nuestra nueva maquetadora de gráficos...".

"¡YO!", me susurré para mí misma como si estuviera soñando.

"... BRITNEY CHUNG", anunció Zimmerman.

Fue como si me hubieran dado un puñetazo en el estómago.

Britney, una de las chicas del grupo de las GSP, se revolvió en su asiento y se puso a echarle miraditas seductoras a Brandon.

¡Tenía que haber algún ERROR! ¡Yo me había apuntado para el puesto de MAQUETADOR DE GRÁFICOS!

¡¡Y se suponía que Brandon iba a ser MI MENTOR!!

No me sorprendió mucho ver a Mackenzie mirándome desde el otro lado de la sala, con una sonrisa de suficiencia. Me dieron ganas de abalanzarme sobre ella y darle una bofetada...

¡Vaya! He estado tan distraída escribiendo sobre esa demencial reunión del periódico que no he escuchado nada de lo que ha dicho la profesora de geometría...

¡Un momento! ¡¡¡Ha dicho que retiremos las cosas de los pupitres!!!

¡Porque vamos a tener un EXAMEN SORPRESA!

¿AHORA MISMO? ¡¡¡NOOOOOOOO!!!

"¿Qué hace que sea IRREGULAR un cuadrilátero?".

No sé... Como si me preguntan sobre cuadriláteros CONSTIPADOS.

¡Y yo qué sé!

Voy a suspender este examen.

Y mis padres van a cometer un acto demencial y totalmente irracional, como requisarme el móvil.

POR FAVOR, que alguien me ayude...
¡¡☹!!

¡Aquella reunión fue un desastre total!

En cuestión de solo treinta minutos mi aventura del periódico dejó de ser un sueño hecho realidad para convertirse en una pesadilla.

"Bien, ahora que se ha asignado un compañero a todo el mundo, ¿tenéis alguna duda?", preguntó Zimmerman mientras la sala empezaba a bullir de excitación.

"Esto... señor Zimmerman...".

Intenté hablar un poco más alto.

"Disculpe, pero se ha olvidado de m...".

"Trabajad codo con codo con vuestro mentor. Y, lo más importante de todo: ¡¡NO OS CARGUÉIS MI PERIÓDICO!!", chilló.

A pesar de que me esforzaba por agitar la mano con frenesí, me ignoró por completo, como si fuera invisible.

Entonces comenzó a gruñir entre dientes...

¡Luego, Zimmerman se dirigió a su mesa, se sentó, y empezó a masticar caramelos de menta otra vez.

Todo el mundo se concentró en su trabajo, pero yo me quedé allí como una idiota, sin saber qué hacer.

OPCIÓN 1:

Dirigirme a Zimmerman y decirle que se había olvidado de asignarme un puesto.

A pesar de tener miedo a que se enfadase si lo molestaba y me mordiese la cabeza como si fuera uno de esos caramelos.

OPCIÓN 2:

Quedarme ahí sentada sonriendo como una tonta, jugueteando con el bolígrafo, hasta que pase la hora.

Y luego buscar un sitio solitario y LLORAR como una NIÑA PEQUEÑA.

OPCIÓN 3:

Llamar la atención de Zimmerman. Subirme encima del pupitre y gritar como LOCA a pleno pulmón...

¡¡¡SE HA OLVIDADO DE MÍ!!!...

Pero como soy una persona muy tímida, me incliné por la segunda opción.

Justo cuando trataba de contener las lágrimas de frustración, Brandon se me acercó.

Me dedicó una cálida sonrisa.

"¡Bienvenida al loco mundo del periodismo! ¿Qué tal lo llevas? Ya veo que no te has decidido por el puesto de maquetadora de gráficos. Seguro que te va a gustar ser ayudante de Redacción".

"Mmm.... La verdad es que no me han asignado ningún puesto. Creo que Zimmerman se ha olvidado de mí, o algo parecido". El nudo que tenía en la garganta era tan grande que casi me impedía hablar.

Creo que entonces fue cuando Brandon se dio cuenta de que algo no iba bien.

Porque súbitamente su sonrisa se desvaneció y me miró con cara de preocupación.

"Debí haberte advertido sobre Zimmerman antes
de que te apuntaras. No es tan malo, una vez que lo
conoces. Pero a veces puede parecer un poco...".

Brandon hizo un gesto y se volvió hacia el profesor
para ver si estaba mirando. Pero el señor Zimmerman

se había concentrado en recargar afanosamente su dispensador Scooby-Doo de pastillas de menta.

"... ¡despistado!".

La boca de Brandon susurró la palabra "despistado", pero sus ojos querían gritar "¡PSICÓPATA!".

"Deberías decirle que todavía no tienes un puesto asignado. Si te sientes incómoda, puedo ir a decírselo yo. Sé que puede resultar un poco intimidante...".

"¡BRANDON! ¡BRANDON!". Al otro lado de la sala, su compañera Britney gritaba como si el pelo se le hubiera incendiado. Mackenzie estaba a su lado, diciéndole cosas al oído.

Pero Brandon no le hizo ningún caso.

"Parece que tu discípula necesita desesperadamente de tu... consejo", dije yo poniendo los ojos en blanco. "Escucha, agradezco tu oferta, pero puedo hablar con el señor Zimmerman yo misma".

Lo último que quería era que Brandon ~~supiera~~ PENSARA que era una tonta y que me daba miedo levantarme y hablar con el profesor.

Quiero decir que ¡¡ESO sería muy infantil!! Sobre todo, sabiendo que Brandon y MacKenzie le gustan.

"Bueno, si te puedo ayudar en algo, no dejes de decírmelo, ¿de acuerdo?".

Dudó un momento, por si cambiaba de opinión. Luego se encogió de hombros y regresó con su nueva compañera.

Pasé diez minutos automotivándome, hasta que por fin reuní suficiente valor para acercarme a la mesa del señor Zimmerman.

Me quedé delante de él lo que me pareció una eternidad, esperando que se diese cuenta de mi presencia.

Pero él seguía dándole al teclado de su portátil, sin levantar la mirada.

Me aclaré la garganta y esbocé una falsa sonrisa. "¡HOLA!", le dije con voz ronca gritando algo más de lo que había previsto.

El señor Zimmerman se sobresaltó, como si yo hubiera roto un vaso, y luego me miró.

"¿Puedo ayudarte en algo, jovencita?", dijo sarcásticamente.

Ahora que me hacía caso, me consumían los nervios. Abrí la boca para hablar, pero no me salían las palabras.

"¿QUÉ?", exclamó él, exasperado. Y entonces, en voz muy baja, me dijo: "A ver... ¿estás tratando de comunicarte telepáticamente?".

Entonces me entró el pánico. "Mmm... ¿Puedo ir al baño?", dije sin pensar.

"¡Adelante!". Frunció el ceño. "¡No necesitas permiso para eso! ¡Ahora DESAPARECE! Estoy muy ocupado".

"De acuerdo. ¡Muchas gracias!".

Al darme la vuelta para salir corriendo por la sala, casi tropiezo con la papelera.

"¡Lo siento!", dije.

No suelo hablar con objetos inanimados.

¡Pero en ese momento estaba supernerviosa!

Y entonces vi que dentro de la papelera estaba la lista en la que nos habíamos apuntado.

Y me di cuenta de que uno de los nombres estaba tachado.

Miré a Zimmerman y me pregunté si enfurecería si me veía hurgando en su basura.

Pero él continuaba enfrascado en su ordenador sin siquiera percatarse de que yo seguía allí.

Al final me pudo la curiosidad. Me agaché y cogí la hoja con el listado...

Le eché un vistazo y tragué saliva. ¡De pronto, todo tenía sentido!

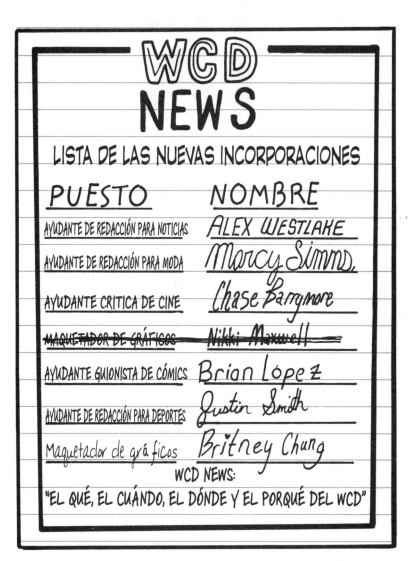

WCD
NEWS

LISTA DE LAS NUEVAS INCORPORACIONES

PUESTO	NOMBRE
AYUDANTE DE REDACCIÓN PARA NOTICIAS	ALEX WESTLAKE
AYUDANTE DE REDACCIÓN PARA MODA	Marcy Simms
AYUDANTE CRITICA DE CINE	Chase Barrymore
~~MAQUETADOR DE GRÁFICOS~~	~~Nikki Maxwell~~
AYUDANTE GUIONISTA DE CÓMICS	Brian López
AYUDANTE DE REDACCIÓN PARA DEPORTES	Justin Smith
Maquetador de gráficos	Britney Chung

WCD NEWS:
"EL QUÉ, EL CUÁNDO, EL DÓNDE Y EL PORQUÉ DEL WCD"

¡¡ALGUIEN HABÍA TACHADO MI NOMBRE DE LA LISTA!!

Y estaba segura de que la RATA asquerosa que lo
había hecho era:

¡¡MACKENZIE☹!!

¡Por eso no me habían asignado compañero!

Así que solo tenía que decirle a Zimmerman que de
algún modo alguien había tachado "accidentalmente"
mi nombre de la lista, y ~~pedirle~~ suplicarle que me
asignara un puesto.

Estaría dispuesta a aceptar cualquier cosa.

Incluso... Moda.

Sobre todo porque necesito tener a Mackenzie
vigilada. ¡Desesperadamente!

Alisé la hoja y regresé a la mesa de Zimmerman.

"Mmm, le ruego que me perdone, lamento molestarle
otra vez, señor Zimmerman, pero hay un error...".

"¡Estoy TOTALMENTE de acuerdo contigo!", dijo entornando los ojos y acariciándose las sienes.

"¿De verdad?". Estaba empezando a pensar que, después de todo, ese hombre no era tan intratable.

"¡SE SUPONE que estás en el CUARTO DE BAÑO! Pero TODAVÍA sigues aquí, incordiándome. ¡Ese es el... ERROR!".

"Bueno, es que iba al cuarto de baño de chicas, y he encontrado la hoja con la lista y...".

"¿No me digas? ¿Y cómo ha ido a parar la lista al cuarto de baño de chicas?".

"Mmm... No, en realidad no estaba EN el...".

"¡Escucha! ¡Ahora estoy MUY ocupado! Te aconsejo que vuelvas al cuarto de baño y que intentes ignorar esa lista. No te va a morder, ¿de acuerdo?".

"Lo siento... Seguramente no me he expresado con claridad. Es que no sé por qué, pero mi nombre aparece tachado de la lista. Se ha asignado un puesto a todo el mundo, excepto...".

De pronto, el teléfono de Zimmerman sonó.

Él contestó y alzó un dedo para que yo guardara silencio.

NO podía creer que ese hombre tuviera la desfachatez de HACERME CALLAR con tan mala educación. ¡Estaba TAN indignada que le hubiese... mmm... escupido!

"¡Zimmerman! ¡No, eso jamás! ¡Prefiero ir a la cárcel antes que revelar mis fuentes!".

Cogió los papeles de su mesa y empezó a embutirlos en su ya rebosante cartera, mientras le gritaba al teléfono: "¡Y que conste que no tengo ni idea de cómo han ido a parar mis calcetines al microondas...!".

Se marchaba a toda prisa y yo le perseguí ansiosamente.

YO, PERSIGUIENDO AL SEÑOR ZIMMERMAN

Lo alcancé y, cuando iba a enseñarle la hoja de la lista...

¡PLAM!

Así sonó el portazo que me dio en las narices cuando salió corriendo de clase.

Me dejó allí plantada, parpadeando, con la hoja de la lista en la mano.

Miré alrededor en busca de consuelo, pero todos estaban afanados trabajando con sus compañeros en sus respectivas tareas.

Todos, excepto Mackenzie.

Sentí que sus ojos malvados me miraban desde el otro lado de la sala.

Pero ya no me importaba.

¡Estaba hasta la coronilla del periódico! ¡Gracias!

Cogí mi bloc de notas y mi bolígrafo y, cuando iba a marcharme, Mackenzie se me acercó contoneándose.

¡TE VAS MUY PRONTO!

Pero yo no dije ni una palabra y pasé de largo.

"¡Vaya! Parece que hoy no te ha servido de mucho tanto maquillaje", rugió. "¡QUÉ LÁSTIMA!".

Me costaba creer que Mackenzie hubiera sido capaz

de pisotear tan fría y cruelmente mis esperanzas y
mis sueños con sus zapatos de diseño.

¡Esa chica no tiene sentimientos!

Primero convenció a SU padre para que le ofreciera al MÍO un trabajo en Hollister Holdings, S.A., con la única intención de SABOTEAR mi beca en el WCD.

Y ahora ha SABOTEADO mis planes de apuntarme al periódico del colegio, tachando mi nombre de la lista.

¿Qué voy a hacer ahora?

¡Mi situación es DESESPERADA!

¡¡☹!!

Me he pasado todo el día deprimida y sintiéndome como una FRACASADA.

Después de la JUGARRETA que me hizo Mackenzie en la reunión del periódico, mi autoestima ha quedado pulverizada.

Creo que Chloe y Zoey se han dado cuenta de que tengo la moral por los suelos.

Porque cuando estábamos en la biblioteca no han parado de chincharme para que les dijera POR QUÉ había cambiado de idea sobre lo de trabajar en el periódico.

AL FINAL no he podido más y les he contado la verdad. Bueno, al menos una parte de la verdad.

Mackenzie se las había ingeniado para echarme del periódico incluso antes de que entrara.

¡Y Zimmerman estaba como una REGADERA!

Y, bueno, Chloe y Zoey no se lo han tomado nada bien. ¡Se han indignado muchísimo!

¡DE ESO NADA! Eres nuestra BFF y una persona superamable, y no vamos a permitir que esa egoísta obsesionada por la moda te trate como a un pelele, por muy tímida que seas.

¡Lo siento! Pero todo el mundo se merece que lo traten con amabilidad y respeto, Nikki, especialmente las personas con baja autoestima.

¡Me he quedado mirándolas, alucinada! ¡Me costaba creer que hubieran dicho todo eso!

¡Vaya! ¡Era lo mejor que había escuchado en mi VIDA!

No merezco tener unas amigas como Chloe y Zoey.

Son las MEJORES amigas que JAMÁS tendré.

Me han hecho desfilar directamente al aula de Zimmerman.

Luego me han mirado a los ojos y me han dicho que si no entraba allí y pedía un puesto en el periódico, me iban a dar una patada en el CULO.

Ha sido SUPERgracioso. Porque, claro, estaban bromeando.

Creo.

Cuando he llegado a la puerta de Zimmerman, me ha hecho sentir muy bien saber que mis BFF estaban detrás de mí, animándome con sutileza...

¡Madre mía! Estaba tan nerviosa que no paraba de
temblar. Me sentía como si fuera Dorothy visitando
al temible _Mago de Oz_, o algo así.

Cuando Zimmerman me ha visto entrar, ha musitado:
"Espero que al final fueras al cuarto de baño...".

"En realidad, no fui. He venido porque se olvidó de

mí al hacer el reparto de puestos en la reunión del periódico del otro día. Alguien debió de tachar mi nombre de la lista 'accidentalmente', o algo por el estilo. Mire, aquí está...", y le he entregado el papel.

"¿Es eso cierto?". Zimmerman le ha echado un vistazo a la lista y luego ha mirado hacia la pizarra. "Parece que tienes razón. El único problema es que todos los puestos están cubiertos. Ayer se incorporaron dos más. Y tuve que ponerlos de ayudantes de Lauren. Puede que ahora consiga traerme el café antes de que se enfríe".

"¡TIENE que haber algo que pueda hacer!", he implorado. "Mire, la verdad es que tengo un gran problema y la única manera de arreglarlo es formando parte del equipo del periódico. Mis amigos cuentan conmigo, y no quiero decepcionarlos. ¡POR FAVOR!".

"¡Eh, corta el rollo, jovencita! Siento que estés apurada, pero lamento decirte..."

Zimmerman se ha metido tres caramelos en la boca y los ha masticado ruidosamente, mientras consultaba su reloj.

¡Este tío es increíble!

¡Vaya profesor más desagradable! Había acudido a él con un problema, y él se quedaba ahí sentado, sin hacerme ni caso, como si yo fuera un vaso de café vacío.

YO, COMO SI FUERA UN VASO DE PAPEL DE LA PAPELERA DEL SR. ZIMMERMAN

148

"Bien. Gracias por recibirme". Después de soltar un profundo suspiro, me he dado la vuelta para marcharme con los ojos llenos de lágrimas.

Zimmerman se ha recostado en su silla y se ha quedado mirando al vacío, rascándose los pelos de la barbilla.

"¡Un momento! Creo que tengo una cosa para ti, jovencita. Pero supondrá mucho trabajo. Resucitaremos la sección de consejos. ¡Especialmente para ti!".

"¿La sección de consejos? ¿Para m—mí?". Mi indignación ha desaparecido y ha dejado paso a una inseguridad total. He vuelto a ser una novata llorona. "¿Quiere decir que lo haré yo sola? ¿Sin un compañero?".

"Exacto", ha respondido. "Tengo la sensación de que tienes agallas para sacar la sección adelante. O eso, o te cargarás la reputación del periódico y a mí me dará un infarto. Pero tú no me harías eso, ¿verdad?".

"Bueno, yo no...". He tragado saliva.

"¡Por supuesto que no lo harías!".

"No soy tan buena dando consejos. ¿Qué pasa si a la gente no le gustan mis respuestas? Se pueden enfadar conmigo y ponerme verde".

"Siempre cabe la posibilidad... Cuando escribas te conviene utilizar un pseudónimo".

"Mmm..., de acuerdo. No sé si tengo uno. ¿Es algo así como un ordenador?".

Zimmerman se ha reído. "Jovencita, me recuerdas a mí mismo, cuando empezaba. Sin conocimientos, pero con corazón. No, no es un ordenador; es un nombre guerra".

"¡De guerra...! ¿Qué guerra?".

Zimmerman parecía irritado. Se ha metido otros dos caramelos en la boca.

"De acuerdo, empecemos otra vez. Ahora presta atención, jovencita. 'Pseudónimo' es la palabra que te inventas para firmar con un nombre falso. Para que tus lectores no sepan quién eres y no puedan acosarte, localizarte o enviarte groserías por correo.

NO te imaginas las cosas que me han mandado algunos lectores disgustados. Por supuesto, Lauren y yo mantendremos en secreto tu identidad y diremos a los del equipo que eres nuestra nueva ayudante".

"¡Ah! Ya entiendo. Tengo que inventarme un nombre que sea sugerente".

"¡Exacto! ¿Ves el último cajón de mi archivador? Tu material estará ahí, bajo llave, y la llave se guardará en una caja metálica negra. Mañana por la mañana tendrás ahí todo que lo que necesitas para trabajar".

"¡Muchas gracias, señor Zimmerman! No se imagina cuánto significa esto para...".

"Y ahora sal de mi aula. Tengo cosas importantes que hacer. Bob Esponja llega en dos minutos. Ya sabes, el último Gran Héroe Americano". Me dijo adiós con la mano. "¡Buena suerte, jovencita!".

¡Había hablado Su Real Majestad EL PIRADO!

A partir de mañana seré la consejera oficial del

WCD. Una consejera con pendientes de aros, brillo de labios, unas cuantas espinillas, y, lo que es más peligroso, sin PIZCA de experiencia.

Y si la cago...

¡PAGARÉ CON MI CABEZA!

MI CABEZA →

Estaba tan contenta que he regresado a la biblioteca bailando la "Danza de la Felicidad" de Snoopy durante todo el camino.

Chloe y Zoey van a estar superorgullosas de mí.

¿Estoy cualificada para dar consejos a los demás? ¡Por supuesto que no! ¡Si me cuesta decidir si tomar leche o cereales por la mañana!

Pero cuando mi instinto me dice algo, suele tener razón. Así que lo haré lo mejor que pueda para no destrozar la vida de nadie. ¡Instinto, no me falles ahora!

Bueno... Eso suena un poco raro, ¿no?

¡De todos modos, el regreso será sonado!

Y ni la malvada DIVA DE LA DESGRACIA (también conocida como Mackenzie) podrá detenerme.

¡¡☺!!

Hoy ha sido mi primer día en la Redacción del periódico del WCD como la Señorita Sabelotodo, la experta en dar consejos.

El señor Zimmerman anunció ayer por megafonía que el periódico volvía a retomar la sección de consejos y dio instrucciones a los alumnos para que depositaran sus cartas en el buzón de la Señorita Sabelotodo que se había colgado en el exterior del aula del periódico.

Estaba impaciente por ver cuántas cartas había recibido. Por primera vez en mi vida, me he levantado de la cama ANTES de que sonara el despertador.

Me he duchado, me he cepillado los dientes y me he vestido en un plis. Luego he bajado a la cocina para zamparme una barrita de muesli como desayuno.

"¡Buenos días, cariño!", me ha dicho mi madre con una sonrisa. "Has madrugado".

"¡Sí!", le he respondido, mientras me metía la barrita

de cereales en la boca. "¡Voy a trabajar en un proyecto del periódico! Mamá, ¿me puedes llevar al colegio más temprano?".

Cuando he llegado a la Redacción, Lauren estaba dándoles el último vistazo a la versión impresa y online del periódico, justo antes de su publicación.

Todos los del periódico podíamos leerlas si queríamos, lo cual me permitía controlar convenientemente la sección de Moda y Temas de Actualidad de Mackenzie.

Si intentaba publicar alguna mentira sobre mí y mis amigos, iría a informar a Zimmerman tan deprisa que no le daría siquiera tiempo a parpadear.

"¡Buenos días!", he saludado alegremente. "Estoy lista para empezar con mi sección. ¡A ver esas cartas!".

"¡Hola, Nikki! Bueno, vamos a revisar tu buzón", me ha dicho Lauren cogiendo la caja metálica y colocándola encima de su mesa.

El buzón estaba cubierto de una gruesa capa de polvo.

"¡Parece que haga años que no se utiliza!", ha dicho mientras se limpiaba las manos sucias frotándolas en sus pantalones. Ha abierto el buzón con una llave.

Se me ha acelerado el corazón mientras esperaba impaciente a saber cuántas cartas había: ¿diez, veinte, tal vez cincuenta? Pero se me ha parado en seco cuando he visto lo que habían dejado en la caja...

"¡Oh, vaya!". He tragado saliva sin poder creerme lo que había allí: un lápiz roto, un papel de un caramelo, una bola de chicle y un pañuelo usado.

"¡Ecs! ¡Algunos chicos son TAN inmaduros!". Estaba que echaba chispas, mientras trataba de no parecer demasiado alterada. "¡Esto NO es la basura!".

"Lo siento", ha dicho Lauren. "Nuestros lectores no tienen mucho interés por escribirnos. Esperamos que tu sección pueda cambiar las cosas. Tiene que pasar algún tiempo para que un periódico funcione".

No le he dicho nada, pero puede que nuestro periódico no llegue nunca a "funcionar". Aparte de las fotografías de Brandon, el resto es un muermo.

La única vez que lo leí vi que habían publicado una entrevista interminable sobre nutrición con la cocinera de la escuela. ¡Ejem!

Primero, ¿qué tiene esa entrevista de interesante? Y segundo, ¿qué sabrá ella de nutrición? ¡Si solo hace panecillos mohosos con carne enlatada!

Cuando Lauren ha abandonado la sala, me he desplomado en una silla y me he echado a llorar. ¡Me sentía tan inútil como la basura de mi buzón ☹!

He mandado un mensaje de texto a Chloe y Zoey con las novedades: "¡Malas noticias! ¡Mi sección de la Señorita Sabelotodo ha sido un FRACASO total! ¡Ni una sola carta, solo basura!".

Las dos me han respondido lo mismo: "¡☹!".

He dejado escapar un suspiro y he tratado de tragarme el enorme nudo que tenía en la garganta.

En algún momento iba a tener que contarles la verdad.

MacKenzie se iba a asegurar de que nos expulsaran del colegio por culpa de la Gran Broma del Papel Higiénico y por haber lanzado huevos contra su casa, a no ser que NOSOTRAS convenciéramos a Brandon de que invitase a MacKenzie y Jessica a su fiesta.

¿Quién iba a pensar que entre los talentos de MacKenzie estaba la obsesión por la moda, la tendencia a mentir compulsivamente y el gusto por el chantaje?

Esa chica era como un mafioso de instituto, pero con pintalabios y pendientes de aros.

Y era obvio que le gustaba mucho, muchísimo, asistir a las fiestas.

Entonces he recibido un mensaje de Chloe para Zoey y para mí: "Acabo de terminar un libro GENIAL. Chica tímida se presenta para presidente del consejo de estudiantes y su rival se convierte en el director de su campaña".

Sabía que a Chloe le ENCANTABA la lectura. ¡Pero yo estaba pasando por la PEOR crisis de mi vida! Por una vez, ¿no podría pensar en MÍ, en lugar de interesarse tanto por los dichosos personajes de sus libros?

Entonces he recibido otro mensaje de Chloe: "¡Zoey, llámame AHORA mismo! ¡Nikki, nos vemos en la biblioteca dentro de quince minutos!".

¡Genial! ¡☹!

Como si me apeteciera empezar mi desastrosa mañana sentada en la biblioteca, escuchando a Chloe y sus interminables comentarios sobre sus novelas románticas para adolescentes.

Cuando yo ya estaba en la biblioteca, autocompadeciéndome, ha llegado Zoey cargada con cajas de zapatos vacías y papel para pósters.

A poca distancia la seguía Chloe, que tiraba de una enorme bolsa llena de tijeras, pegamento, cartulinas, pinturas y purpurina.

"¿Qué pasa?", he dicho todavía desconsolada.

"Hemos venido a salvar a nuestra columnista FAVORITA: la Señorita Sabelotodo", me ha aclarado Chloe, mientras agitaba las dos manos, entusiasmada.

"Se nos ha ocurrido que podríamos poner carteles y bonitos buzones suplementarios por todo el colegio", me ha dicho Zoey. "¿Qué te parece?".

"¡ME PARECE... que sois INCREÍBLES!", he gritado.

Y me he quedado absorta mirando cómo mis mejores amigas hacían magia con la purpurina y el pegamento...

Gracias a Chloe y Zoey, ahora tenía cuatro carteles fabulosos y cuatro buzones suplementarios. ¡Y un eslogan con mucho gancho!

Afortunadamente, hemos podido terminarlos todos y colgarlos en los pasillos, justo antes de que los alumnos empezaran a llegar a clase...

Una cosa es cierta: la original campaña de publicidad que Chloe y Zoey han ideado para la Señorita Sabelotodo ha sido muy comentada.

A la hora del almuerzo, *TODO* el colegio hablaba de ello.

Y, como la identidad de la Señorita Sabelotodo era un gran secreto, todo el mundo trataba de adivinar quién era.

¡Nadie sospecharía NUNCA que era YO!

Espero que pronto empiece a recibir cartas.

Porque si el señor Zimmerman suspende de nuevo la sección de consejos por falta de interés, no podré detener a Mackenzie cuando quiera difundir sus mentiras en el periódico escolar. ¡Y todos podríamos terminar EXPULSADOS DEL COLEGIO!

¡¡☹!!

¡¡ARGGGHHH!!

¡Me siento como si hubiera vuelto a empezar con las clases de baile de Madame Fufú!

¿POR QUÉ?

Porque, como cada año, la clase de danza de Brianna va a recaudar de fondos para pagar esos trajecitos de baile con volantes que se ponen en los recitales.

Cada alumno tiene que vender sesenta chocolatinas.

Al principio mi hermana me dio pena.

Hasta que mis padres me dijeron que tenía que ayudarla y acompañarla a recorrer el barrio, puerta a puerta. ¡Ahora la que da pena soy YO!

"¡Oye! ¿Y por qué tengo yo que vender golosinas?", protesté. "¡Yo no voy a ponerme ningún traje de baile!".

YO, CON UN TUTÚ QUE NO NECESITO PARA UNA CLASE A LA QUE NO ASISTO

Pero me temo que no comprendieron mi lógica.

"¿Qué es eso de recaudar fondos?", me preguntó Brianna mientras caminábamos por la nieve del sendero de nuestra casa.

"Es lo que vamos a hacer ahora", mascullé.

Estaba supercansada y ni siquiera habíamos salido de nuestro jardín.

Parecía que esas dos bolsas de golosinas pesaran cien kilos cada una.

Comenzaba a sospechar que esas chocolatinas no estaban rellenas de crema de nueces, sino de CEMENTO.

"¡No lo entiendo!", dijo Brianna.

Suspiré. "Recaudar fondos es vender algo para conseguir dinero para algo importante".

"¿Vamos a conseguir dinero con estas chocolatinas?", exclamó Brianna. "¡Chupi! Pues voy a utilizar el dinero para comprarme un pequeño unicornio".

"¡No! NO PUEDES quedarte con el dinero. Tienes que entregarlo a la clase de danza".

"¡Eso no es justo! ¿Por qué tengo que vender cosas si luego no puedo quedarme con el dinero?", protestó Brianna.

"¡Porque... sí! Haces demasiadas preguntas. Giremos en la próxima manzana, así no me encontraré ningún conocido. Quiero decir que así cubriremos más terreno".

Llamé a la puerta de la primera casa de la manzana.

"Déjame hablar a mí, ¿de acuerdo, Brianna?".

"¡Pero son MIS chocolatinas!", contestó. "¡Tú NO eres mi jefa!".

"¡Tú lo estropearás, ¿vale?! Estate calladita y deja que intente vender esta porquería a algún tonto confiado; ¡así podremos regresar a casa!", le grité.

"Mmm... ¿puedo ayudaros?".

Brianna y yo dimos un respingo. Un hombre vestido con un chándal que le dejaba al descubierto la mitad de la barriga estaba de pie en la puerta.

Con tanta discusión no nos habíamos dado cuenta de que estaba allí. Ponía cara de fastidio.

"¡Disculpe!", dije aclarándome la garganta. "Queríamos saber si estaría usted interesado en comprar estas deliciosas chocolatinas, para contribuir a la formación artística de los niños. Son solo tres dólares".

"¿Solo tres dólares?". El hombre soltó una risa sarcástica. "¡Debéis de creer que soy uno de esos TONTOS confiados! No, gracias. Además, sigo un régimen muy estricto... A menos que se trate de chocolate negro...".

"¡En efecto, lo es!", dije enseñándole dos barritas. "¿Cuál prefiere, la que tiene nueces o la que no tiene...?".

Y entonces Brianna interrumpió mi discurso comercial...

"¡GUAU! ¡LE TIEMBLA LA BARRIGA COMO A SANTA CLAUS! ¿SON PARIENTES?", le soltó.

El hombre se quedó mirándonos y se puso más rojo que una remolacha.

Luego dijo algunas palabras poco agradables y nos dio con la puerta en las narices.

"¡Brianna! ¿Por qué has tenido que abrir tu bocaza?", la regañé. "¡Mira lo que has hecho!".

"¡Era un cumplido! ¿Por qué se ha enfadado?" preguntó, rascándose la cabeza.

A veces me pregunto si Brianna es tan inocente como parece o es que le gusta provocarme con la esperanza de que un día me reviente una arteria y caiga MUERTA, para así heredar mi habitación y mi móvil nuevo.

"¡Olvídalo!", le dije, respirando profundamente para tranquilizarme. "Vamos a la casa del vecino".

Probamos en otras seis casas, pero no hubo suerte. Como estaba empezando a nevar, decidí dar la jornada por terminada y regresar a casa.

Era lo más inteligente que podía hacer, considerando que los dedos de los pies y las dichosas chocolatinas se habían quedado congelados y corrían el peligro de romperse en mil pedazos.

¡¡☹!!

Como ayer Brianna no vendió ni una sola chocolatina, mamá se ha empeñado en que lo intentáramos otra vez después de volver de la iglesia.

¡¡LO QUE ME FALTABA ☹!!

Cuando hemos llegado a la primera casa, he llamado al timbre de la puerta.

"Calladita, ¿vale?", le he dicho a Brianna.

Ella ha asentido con la cabeza y ha fingido que se cerraba la boca con una cremallera.

La puerta se ha abierto lentamente, y una anciana muy delgada y sin dientes nos ha mirado, enfurruñada.

O al menos lo parecía.

Aunque la verdad es que no podía asegurarlo, porque tenía la boca desdentada hundida hacia adentro, como si se hubiera tragado un limón o algo así.

"¡Buenas tardes, señora!", he dicho torpemente. ¿Le gustaría contribuir en la formación artística de los niños? Solo tiene que comprarnos una chocolatina...".

"¡A POR ELLAS, TATER TOT!",

ha gritado la mujer a todo pulmón.

Brianna y yo hemos mirado dentro de la casa,

esperando ver un gigantesco dóberman con uno de esos collares de púas.

Pero, en su lugar, un gato blanco y gordo con un lazo rosa ha asomado la cabeza y nos ha mirado.

¡¡¡MIAAAUUUUUU!!!

Entonces Tater Tot se ha abalanzado sobre nosotras.

Brianna y yo hemos salido corriendo, gritando como locas.

BRIANNA Y YO, CORRIENDO PARA SALVAR LA VIDA

Aquel bicho nos ha perseguido a lo largo de toda una manzana. O incluso más, porque la verdad es que ni siquiera me he atrevido a mirar a mi espalda.

¡Eh, que los gatos gordos pueden ser bestias terribles! ¡Sobre todo si están furiosos!

Si hubiérais visto esa mirada salvaje en los ojos de Tater Tot, TAMBIÉN habríais salido pitando.

Al final Brianna y yo nos hemos desplomado sobre un montón de nieve, intentando recuperar el aliento.

"No... quiero... seguir... haciendo... esto...", ha jadeado Brianna.

"Yo... tampoco", he resoplado.

"Disculpad", ha dicho una voz desde la acera.

El cansancio me impedía moverme, así que me he limitado a levantar la cabeza. Teníamos delante a una conductora de autobús con aspecto confuso y un GPS en la mano.

"Siento molestaros, pero no consigo hacer funcionar este dichoso GPS. ¿Podríais decirme dónde está la gasolinera más cercana?", nos ha preguntado.

"Sí, claro". He tenido que hacer un esfuerzo para contestar. "Siga por esta calle... Está más o menos a un kilómetro, en una esquina, a mano derecha".

He levantado el brazo y he señalado hacia el norte.

"¡Un millón de gracias, guapa!", me ha dicho y, de pronto, los ojos de la conductora de autobús se han iluminado. "Oye, ¿eso de ahí son chocolatinas?".

"Mmm... pues sí", le he respondido.

"¿Me vendéis una? ¡Me muero de hambre!".

"¿De verdad quiere usted una?", le he preguntado, sorprendida. "Bueno, tenemos de varios tipos...".

"¡Oiga, señora!", ha interrumpido Brianna. "Mi hermana ha dicho que solo íbamos a vender chocolatinas a los tontos ingenuos, pero usted no me parece que sea una...".

La conductora de autobús nos ha dado tres dólares y Brianna le ha dado una chocolatina de la bolsa.

BRIANA Y YO HEMOS VENDIDO POR FIN UNA DE ESAS DICHOSAS CHOCOLATINAS

Ella la ha desenvuelto y le ha pegado un buen mordisco.

"¡Mmm...! ¡Esto está muy bueno!", ha exclamado.

"¡Tengo que vender todas estas! ¿Quiere comprar cincuenta y nueve más?", le ha preguntado Brianna.

La mujer se ha reído. "No, cariño, son muchas. Pero ¿por qué no tratáis de vendérselas a los pasajeros de mi autobús? Van al campamento de Westchester Hills a hacer un tratamiento para adelgazarse".

"¿En serio? ¿Seguro que no es ninguna molestia?", le he preguntado.

"Se han pasado las tres últimas horas picando zanahorias y apio y bebiendo solo agua, así que deben de estar deseando comer algo sólido. Bueno, suponiendo que no se hayan convertido ya en conejos y se hayan escapado del autobús dando saltitos". Nos ha guiñado un ojo, riéndose.

Brianna y yo le hemos sonreído de oreja a oreja. ¡Era como si nos hubiera tocado la lotería!

"¡De acuerdo!", y he cogido las bolsas de chocolatinas.

¡Ha sido increíble! ¡En aquel autobús han acabado con todo el chocolate! ¡Ha sido una MASACRE!

La gente se amontonaba en torno a nosotros,
gritando y agitando el dinero.

Cada uno ha comprado dos o tres barritas y las han devorado como si no hubieran comido en días.

Hemos vendido las chocolatinas de Brianna en apenas cinco minutos. Me he sacado un buen peso de encima al acabar POR FIN con esa movida de los dulces.

De regreso a casa, Brianna y yo nos hemos puesto a fantasear: tal vez podríamos ser socias y hacernos ricas vendiendo chocolatinas en los campamentos de tratamientos de adelgazamiento.

Yo emplearía mi dinero para pagarme la matrícula del instituto WCD, y Brianna se compraría un unicornio pequeño.

He considerado seriamente la posibilidad de explicarle que los unicornios no existen. ¡Pero al final he llegado a la conclusión de que NO merecía la pena!

Cuando ganemos nuestro primer millón, ya le pagaré un buen psicólogo. ¡Con cariño, ¿eh?!
¡¡☺!!

Hoy en clase de educación física hemos empezado a entrenar para la prueba de forma física del programa nacional, que se celebra cada primavera.

Para asegurarse de que tuviéramos tiempo para prepararnos, en otoño nuestra profesora de educación física repartió un folleto con los nombres de los cuatro ejercicios del examen: "Tirabuzón", "Arriba y abajo", "Levantamientos" y "Contracciones".

Me tomo MUY en serio mi salud y mi condición física, así que llevo días haciendo estos ejercicios en casa para mantenerme en forma.

El problema es que hoy me he enterado de que he estado haciéndolos TODOS MAL. ¡¡☹!!

Estoy SUPERindignada. La culpa es de mi profesora. Debería habernos dado instrucciones específicas sobre CÓMO HACER estos ejercicios.

Seguro que ahora voy a SUSPENDER la prueba...

EJERCICIO Nº 1: TIRABUZÓN

BIEN →

Tonifica y fortalece los músculos abdominales y de la espalda.

Nivel de dificultad: DIFÍCIL

¡GRUNF!

← **MAL**

Mis ejercicios hacen que mi pelo se mantenga rizado y elástico. Con el equipo apropiado, como un rizador metálico, son muy fáciles de hacer. ¡Bastan quince minutos para estar superBIEN!

Nivel de dificultad: FÁCIL

EJERCICIO Nº 2: ARRIBA Y ABAJO

← **BIEN**

Fortalece los músculos de la espalda, brazos, abdomen y piernas.

Nivel de dificultad: MUY DIFÍCIL

¡GRUNF!

MAL →

Empujar el helado hacia arriba es un fantástico ejercicio para la lengua, los labios y la mandíbula. Lo mejor de todo es que está buenísimo.

Nivel de dificultad: MUY FÁCIL

EJERCICIO Nº 3: LEVANTAMIENTOS

¡UGH!

BIEN →

Fortalece y tonifica los músculos de los brazos y la espalda.

Nivel de dificultad: CASI IMPOSIBLE

← **MAL**

Estos levantamientos van muy bien para ponerse los calcetines, los pantalones, las medias, los shorts, y todo lo que tiene tendencia a caerse de las pantorrillas. Así ejercito mis dedos y mejoro mi equilibrio. Nivel de dificultad: FÁCIL

EJERCICIO Nº 4: CONTRACCIONES

BIEN →

Tonifica y fortalece los músculos de la espalda, brazos y abdomen.

Nivel de dificultad: DIFÍCIL

¡MMMM!

¡CRUNCH!

← MAL

Mis ejercicios de contracción son divertidos y fáciles de hacer. Contraigo las mandíbulas al morder objetos crujientes como patatas fritas, nachos, galletitas saladas, manzanas... Luego, los mastico. Esto ejercita mi mandíbula y mis dientes.

Nivel de dificultad: MUY FÁCIL

¿Veis lo que quiero decir? He derrochado tiempo y energías haciendo todos los ejercicios MAL.

Estoy pensando en colgar en el tablón de anuncios del colegio una solicitud para que se nos permita hacer la prueba con la otra versión de los ejercicios.

Al menos, con los MÍOS no acabas con agujetas, sudada y apestosa.

Bueno, el caso es que, después de educación física, mientras me vestía, estaba impaciente por comprobar lo que habría en mis nuevos buzones al final del día.

HASTA que he oído a Mackenzie y a algunas de las GSP diciendo que la idea de la sección de consejos era MUY POBRE, y que solo un FRACASADO TOTAL escribiría a la Señorita Sabelotodo.

Y ahora estoy SUPERpreocupada... ¿Y si tuvieran razón?

Porque, entre clase y clase, no he podido evitar ver que todos pasaban de largo por delante de mis buzones, como si no existieran.

Y encima estoy de MAL HUMOR y me duele TODO después de tratar de hacer esos dichosos ejercicios COMO ES DEBIDO.

Estoy tan angustiada que he decidido esperar a abrir los buzones mañana. Aunque ya sospecho que van a estar VACÍOS.

¡Ah! ¡Casi lo olvido! He recibido MÁS malas noticias al regresar a casa después del colegio.

¡Me parece que papá ha decidido trabajar a tiempo completo para Hollister Holdings, S.A.!

Esta mañana ha puesto en venta su furgoneta de trabajo en un concesionario de coches usados.

¡No puedo CREER que haya abandonado a la cucaracha Max en un aparcamiento para coches viejos!

¡Así, tan... FRÍAMENTE!

Al menos podría haber dejado que nos despidiéramos de ella, para hacernos a la idea.

¡Seguro que Max también nos echará de menos! Se sentirá muy sola en ese aparcamiento.

Sobre todo con todos esos desconocidos mirándola BOQUIABIERTOS como si fuera un bicho raro...

¡DESCONOCIDOS CONTEMPLANDO A LA
CUCARACHA MAX CON LA BOCA ABIERTA!

¡POBRECITA MAX! Va a tener que someterse a un tratamiento psicológico cuando sea mayor.

¡Oh, no! ¡Se me acaba de ocurrir una cosa terrible!

¿Qué pasaría si DESPUÉS de que el padre de Mackenzie contratase al mío en exclusiva, ella quisiera que lo DESPIDIERA?

¡Entonces no solo perdería mi beca en el WCD, sino que toda mi familia podría terminar en la INDIGENCIA!

¡LO SIENTO MUCHO! Pero eso de que papá trabaje para Hollister Holdings, S.A., me da MUY, MUY, MUY mala espina.

¡¡☹!!

He estado todo el día SUPERdeprimida.

Me da PÁNICO mirar lo que habrá en los buzones de la Señorita Sabelotodo.

Estoy segura de que Lauren le contó al señor Zimmerman que lo ÚNICO que me habían dejado los alumnos era basura.

Mi sección corre el riesgo de ser CLAUSURADA, sin siquiera haber respondido ni una sola carta.

A la hora del almuerzo han vuelto a entrarme ganas de echarme a llorar.

Pero no lo he hecho... Seguro que toda la cafetería se me habría quedado mirando y se habría puesto a murmurar.

Por desgracia, no podía impedir lo que era inevitable.

Así que, en lugar de ir a la biblioteca a colocar libros en las estanterías, he decidido esconderme en el almacén del conserje y esperar a que todos los alumnos estuvieran en clase y los pasillos se quedaran totalmente vacíos.

El corazón se me ha acelerado cuando me he plantado delante del buzón del arcoíris que hay cerca de mi taquilla, respirando profundamente.

Entonces, muy despacio, he retirado la tapa y...

¡¡Había dos cartas dentro ☺!!

¡Oh! ¡Qué alivio!

Luego he corrido por el pasillo hasta la entrada de la cafetería, impaciente por abrir el buzón pintado a rayas que instalamos allí.

¡También tenía una carta dentro!

Y también había una carta en el buzón de la cara sonriente situado cerca de la fuente, y DOS más en el buzón metálico de la entrada de la Redacción del periódico.

La original campaña publicitaria de Chloe y Zoey ha funcionado.

¡En total, la Señorita Sabelotodo ha recibido SEIS cartas en las que le pedían consejo!

Me he puesto tan contenta que he bailado mi "Danza de la Felicidad" de Snoopy delante del cuarto de baño de chicas.

¡Porque todas aquellas cartas eran para MÍ!

¡TODAS MÍAS!

Entonces, como soy una enorme pedorra, las he
ABRAZADO efusivamente...

¡YO, ENCANTADA CON MIS CARTAS!

¡La Señorita Sabelotodo está oficialmente EN ACTIVO!

¡¡Y Mackenzie, mejor que se ande con cuidado ☺!!

Me he quedado después de clase, para responder las
primeras cartas de la Señorita Sabelotodo.

Querida Señorita Sabelotodo,

Normalmente no hago estas cosas, porque eso me dejaría totalmente en evidencia. Pero, en fin, allí va...

Soy un chico muy conocido, deportista destacado, y mi novia es animadora. Llevamos quince días saliendo. Tengo una vida feliz y tranquila, pero mantengo en secreto mi afición favorita, porque me da vergüenza que la gente lo sepa.

La verdad es que me encanta la repostería. Después de pasarme el día jugando al fútbol, me gusta relajarme haciendo magdalenas. Un día mi novia casi me pilló con las manos en la masa, pero le conté que las había hecho mi madre.

Ella dijo que aquellas magdalenas eran las mejores que había probado en su vida. Quisiera confesarle la verdad, pero tengo miedo de que se burle de mí y me deje. ¿Qué puedo hacer?

El Chico de las Magdalenas

De pronto he recordado que, un día, mientras buscaba mi diario en el vestuario de chicos, me sorprendió ver allí un libro de recetas de postres. El libro era del capitán del equipo de fútbol, Brady Grayson.

"¡No puedo creer que haya escrito esto!", me he dicho a mí misma, riendo. "¡Qué tierno!".

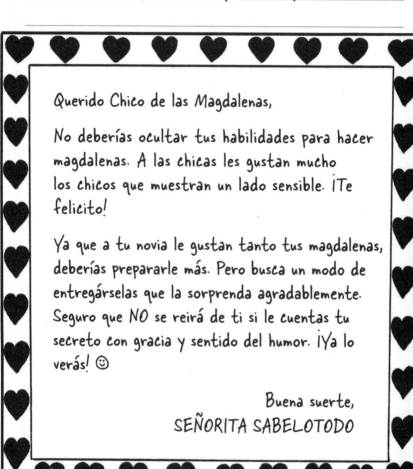

Querido Chico de las Magdalenas,

No deberías ocultar tus habilidades para hacer magdalenas. A las chicas les gustan mucho los chicos que muestran un lado sensible. ¡Te felicito!

Ya que a tu novia le gustan tanto tus magdalenas, deberías prepararle más. Pero busca un modo de entregárselas que la sorprenda agradablemente. Seguro que NO se reirá de ti si le cuentas tu secreto con gracia y sentido del humor. ¡Ya lo verás! ☺

Buena suerte,
SEÑORITA SABELOTODO

Me he quedado muy satisfecha con mi respuesta... Pero me encantaría hincarles el diente a esas magdalenas tan apetitosas.

Probablemente la siguiente carta era una broma, pero la he contestado de todos modos.

Querida Señorita Sabelotodo,

¿Me puede ayudar con este problema?

La vía del tren que hay entre la ciudad A y la ciudad B tiene 800 kilómetros de longitud. El tren azul sale a las 2 de la tarde de la ciudad A en dirección a la ciudad B. El tren rojo sale a las 3 de la tarde de la ciudad B en dirección a la ciudad A, pero sufre un retraso de 95 minutos debido a una avería. Si el tren azul viaja a 55 km/h y el tren rojo va a 80 km/h, ¿en qué punto se encontrarán?

Odio los problemas de matemáticas. ¿Podrías escribir la solución en una hojita de papel, y dejármela pegada en la taquilla 108 antes del viernes? ¡Gracias!

Holgazán Superlativo

P.S. ¡Asegúrate de lucirte con tu trabajo!

¡Con solo leer la carta ya se me han muerto un par de neuronas!

Creo que Holgazán Superlativo sacaría mejor nota entregando un dibujo de Brianna que con MI ayuda.

Pero le he respondido y, tal como me había pedido, he dejado el papel pegado en la taquilla 108.

Querido Holgazán Superlativo,

Me ha llevado un buen rato, pero al final he conseguido resolver tu problema.

Aquí está la solución:

¡HAZ TUS DEBERES TÚ MISMO! Y, si necesitas ayuda, acude al profesor de matemáticas.

Buena suerte,
SEÑORITA SABELOTODO

P.S. ¡Asegúrate de lucirte con TU trabajo!

La siguiente carta la podría haber escrito yo.

Deduzco que NO soy la única hermana mayor con un hermanito/a consentido/a que la pone de los nervios...

Querida Señorita Sabelotodo,

¡Tengo un hermano pequeño que va a acabar por volverme LOCA! Siempre se está metiendo en mis asuntos, avergonzándome en público y leyendo mi diario. Pero eso no es lo peor.

Cada vez que tengo que hacer de canguro, rompe o se come algo (incluso mis deberes del colegio), o lo quema en el suelo.

Mis padres me regañan y dicen que tengo que ser responsable de él, como si fuera su canguro. Pero él no me hace ni caso.

¿Cómo evitar acabar como un cencerro y controlar a una fiera salvaje de seis años?

Hermana Mayor Deprimida

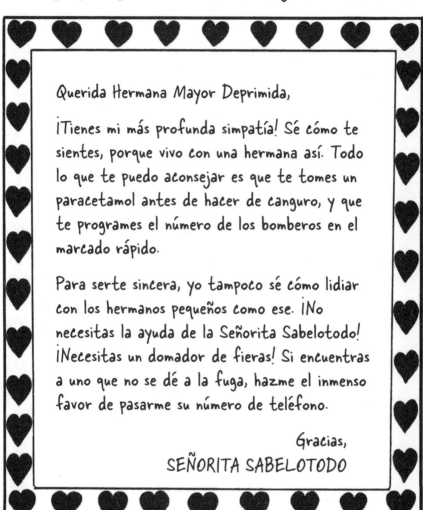

Querida Hermana Mayor Deprimida,

¡Tienes mi más profunda simpatía! Sé cómo te sientes, porque vivo con una hermana así. Todo lo que te puedo aconsejar es que te tomes un paracetamol antes de hacer de canguro, y que te programes el número de los bomberos en el marcado rápido.

Para serte sincera, yo tampoco sé cómo lidiar con los hermanos pequeños como ese. ¡No necesitas la ayuda de la Señorita Sabelotodo! ¡Necesitas un domador de fieras! Si encuentras a uno que no se dé a la fuga, hazme el inmenso favor de pasarme su número de teléfono.

Gracias,
SEÑORITA SABELOTODO

La siguiente carta era un problema muy complejo y profundo que la mayoría de los alumnos se plantean alguna vez en su vida. Pero que seguirá sin resolverse...

Querida Señorita Sabelotodo,

¿Qué ponen en los pasteles de carne de la cafetería?

Simplemente Curiosa

Querida Simplemente Curiosa,

¿No te asombra que el trozo de carne que lleva más de un mes en el contenedor no se haya puesto verde? ¿Nunca te has preguntado adónde van a parar los productos químicos de los experimentos de la clase de Ciencias? Solo es una idea...

No pretendo criticar al personal de nuestra maravillosa cafetería, ¡pero esa carne lleva más conservantes que la cara de Madonna! Sin embargo, miremos el lado positivo. Si te la comes, probablemente no pasarás de los trece años y no tendrás que graduarte en la universidad.

¡Que aproveche!
SEÑORITA SABELOTODO

Querida Señorita Sabelotodo,

¿Es verdad que las chicas se sienten atraídas por los chicos que utilizan esa colonia tan famosa?

¡Porque, según el anuncio, si te la pones, estarás irresistible y todas las supermodelos irán detrás de ti!

Colega Desesperado

Querido Colega Desesperado,

No tengo más remedio que contestar negativamente a tu consulta. La publicidad dirigida a los chicos es el mayor timo que he visto en mi vida. Esa gente te está tomando el pelo, colega. Si tienes que elegir entre ponerte esa colonia o insecticida, POR FAVOR rocíate con el insecticida. ¡Esa colonia es apestosa! Punto.

¡No malgastes tu dinero! Las chicas nos conformamos con que os duchéis todos los días. Y, además, las chicas tendemos a enamorarnos en función de lo que nos dice el corazón, y no la nariz. Es así de sencillo.

Tu amiga,

SEÑORITA SABELOTODO

Querida Señorita Sabelotodo,

Estoy locamente enamorada de mi ídolo de Hollywood, y algunas personas piensan que estoy obsesionada. Pero ¿quién no está chiflada por él? Es el tío más perfecto, asombroso, prodigioso y SUPERguapo de la Tierra. Tengo todos sus discos y películas, muchísimos pósters y todos los artículos que sacan a la venta para sus admiradoras. Soy la presidenta de su club oficial de fans, y no hay nadie que lo conozca tanto como yo... ¡ni que sea más perfecta para él!

Mis amigas tampoco me comprenden. En el colegio hay un chico que se llama Alex, al que parece que le gusto. Pero no estoy interesada por él, porque solo hay un chico en mi vida. Mis amigas me dicen que estoy loca de atar por rechazar a Alex y que tengo que ser realista. ¡Pero sé que mi chico soñado y yo estamos predestinados! ¿Es tan malo estar enamorada?

Deslumbrada

¡Ostras! ¡Deslumbrada parecía... mmm... muy, muy, muy deslumbrada! Pero ¿quién no ha estado enamorada de ese tío irresistible que aparece en la carátula de tu CD favorito o que protagoniza tu serie preferida? He decidido contarle la verdad muy sutilmente.

Querida Deslumbrada,

No hay nada de malo en estar enamorada, pero a veces confundimos el encaprichamiento con el amor. Tal vez creas que conoces a tu ídolo, porque has leído muchas cosas sobre él. Pero en realidad "no le conoces" a él. ¿Entiendes lo que quiero decir? ¡Seguro que todas las chicas se dejarían cortar un brazo por salir con él! Pero lo único que conocen de él es su imagen famosa, y no la persona real. Por ejemplo, ¿no va en serio con esa guapa actriz de Disney? No creo que tengas que renunciar a ser admiradora suya, pero ¿por qué no ligar con ese chico agradable de tu clase de matemáticas que tanto te gusta? ¡El amor puede surgir cuando menos lo esperamos!

Tu amiga,

SEÑORITA SABELOTODO

Aún me cuesta creer que mañana, cuando salga el periódico, casi me habré convertido en una escritora profesional.

¡Guaauuu! Mamá va a estar tan orgullosa de mí que va a poner mi primer artículo en la nevera, al lado de uno de los maravillosos dibujos de Brianna.

¡Eh! Esto de la sección de consejos empieza a gustarme.

Ahora VIENE la parte totalmente alucinante...

Antes de salir de la escuela, he mirado en todos los buzones y ¡¡HABÍA RECIBIDO CATORCE CARTAS MÁS!!

¡YUJU! ¿Os lo podéis creer?

Así que voy a terminar de escribir en mi diario y a ocuparme de salvar el mundo.

¡El trabajo de la Señorita Sabelotodo no se acaba NUNCA!

¡¡☺!!

"Querida Señorita Sabelotodo".

He leído una y otra vez el encabezado de mi sección y he tenido la sensación de que se trataba de un artículo de verdad escrito por un autor de verdad que no era yo..., pero ¡sí que lo era!

En la cafetería, TODO EL MUNDO tenía el ejemplar del periódico abierto en la página 2, la de mi sección.

"¿Has leído lo de la 'Señorita Sabelotodo'?", ha preguntado Alexis, una de las animadoras, a Samantha.

"Lo estoy leyendo ahora", ha respondido.

"Alguna de nuestro grupo sale con una monada de tío al que le gusta la REPOSTERÍA". "¡Qué ROMÁNTICO! ¡Y la Señorita Sabelotodo le ha dado un buen consejo! ¡Qué ENVIDIA me da su novia!".

Me he quedado allí de pie, pasmada, escuchando todos los comentarios con una sonrisa extraña en la cara.

YO, PASMADA Y SORPRENDIDA DE QUE TODOS
ESTÉN LEYENDO A LA SEÑORITA SABELOTODO

Pero no podía quedarme allí parada recreándome con
el éxito. Tenía trabajo que hacer.

De entre mis veintiuna nuevas cartas, esta es la que me llamó más la atención:

Querida Señorita Sabelotodo,

Soy un profesor apreciado y llevo más de quince años en el WCD. Diría que soy una persona afable y de trato fácil. Pero, por alguna razón, ¡otro profesor la tiene tomada conmigo! A veces, cuando llego a clase, el borrador de la pizarra ha desaparecido. Esto me obliga a borrar la pizarra con las mangas de la camisa o con la mano, y acabo el día como un muestrario de todos los colores del arcóiris. Luego, cuando paso por el vestíbulo, los demás profesores se ríen disimuladamente de mí, lo cual es humillante.

Por si fuera poco, este mangante me roba el almuerzo de la sala de profesores. ¡No puedo dar clase con el estómago vacío! Pero tengo que hacerlo, a no ser que me compre algo en la cafetería, cosa a la que no estoy dispuesto. ¡Vete a saber lo que le ponen allí a la comida!

En cualquier caso, necesito tu consejo. ¿Cómo puedo averiguar quién me está haciendo esto y conseguir el respeto que merezco?

Profesor Humillado

¡Cada día se aprende algo nuevo! No sabía que entre los profesores imperara también la ley del más fuerte. Pero quienquiera que hubiera escrito esa carta, yo estaba de su parte. Me hacía ilusión ayudar a este inocentón adulto a burlar a ese abusón.

Querido Profesor Humillado,

¡Qué lamentable...! Cualquiera que se dedique a robarle el bocadillo a un compañero profesor es que tiene una vida muy vacía. Y también mucho apetito.

Sé un par de cosas sobre el acoso. Sobre todo, que es repugnante. Pero tiene usted que emplear el cerebro para vencer a la fuerza bruta. ¿No sería divertido preparar una comida "especial" de alubias con tomate, zumo de ciruelas y pan integral, para que cuando cierto ladrón se coma el almuerzo robado se lleve una sorpresa y quede en evidencia? Lo bueno es que el culpable no volvería a molestarle NUNCA más. ¡Lo malo es que los servicios de la sala de profesores quedarían inutilizables! Considérelo como un daño colateral en esta guerra. ¡Estoy en su bando!

Su amiga,

SEÑORITA SABELOTODO

Me moría de ganas de saber cómo había ido la cosa. Si ese día aparecía un sustituto para reemplazar a alguno de los profesores, entonces sabría que el Profesor Humillado había llevado a la práctica mi consejo. (¡Je, je!)

No suelo ser partidaria de las venganzas. Y sí, estoy muy arrepentida de la Gran Broma del Papel Higiénico. Todo el mundo sabe que soy una persona pacífica, a la que le gustan las películas de Disney y pasarlo bien.

Pero si alguien me arrebata la comida de la boca, ME QUITO los pendientes y ME CALZO los guantes de boxeo.

En cualquier caso, cuando la hora del almuerzo estaba acabando, he oído que había jaleo en el pasillo. Las animadoras se arremolinaban en torno a una taquilla, y he visto a Brady Grayson con una sonrisa tímida en la cara.

"¡Brady! ¡Qué pasada!", ha gritado una animadora que llevaba trenzas.

Yo me he ocultado tras el libro de matemáticas, como si estuviera totalmente enfrascada en algún ejercicio

(¡sí, ya!), y he aprovechado para acercarme un poco y echar una mirada furtiva a lo que estaba pasando.

Brady había decorado la taquilla de su novia con papel rojo y había puesto un lazo. Cuando la ha abierto, todo el mundo ha tragado saliva, incluso YO...

Brady ha seguido el consejo de la Señorita Sabelotodo, y le ha llenado la taquilla de magdalenas y de rosas rojas. Incluso ha escrito las palabras "eres especial" con letras imantadas.

"Tengo que confesar una cosa", le ha dicho, ruborizado. "Aquellas magdalenas que te gustaron tanto no las hizo mi madre, sino yo. Me encanta la repostería, y espero que eso no cambie nada entre nosotros".

"¡Oh, Brady! ¡No seas tonto!", ha exclamado ella, emocionada, mientras le daba un gran abrazo de oso.

Todos los que estaban allí tenían lágrimas en los ojos. Y yo tampoco he podido contenerme. Me he cubierto aún más la cara con el libro de matemáticas para que nadie supiera de dónde venían esos sollozos.

Estaba muy orgullosa de mi actuación, y también de Brady. ¡Con un pequeño consejo, el príncipe BOBO se había convertido en un príncipe ENCANTADOR!

En aquellos momentos, una parte diminuta de mí ha sentido envidia de la novia de Brady. Pero no ha durado mucho, porque el consejo de la Señorita Sabelotodo me ha estallado en la cara: al cabo de un rato, he recibido una carta que mucho me temo que ha escrito su novia.

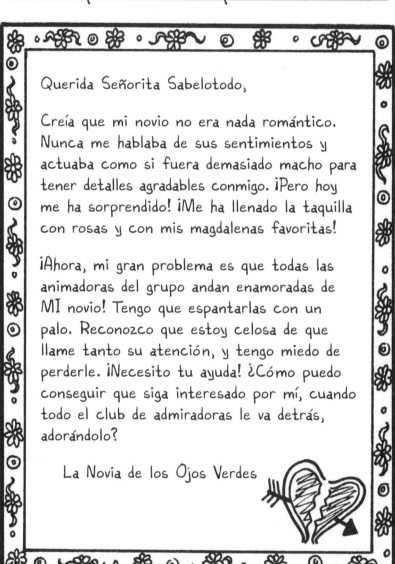

Querida Señorita Sabelotodo,

Creía que mi novio no era nada romántico. Nunca me hablaba de sus sentimientos y actuaba como si fuera demasiado macho para tener detalles agradables conmigo. ¡Pero hoy me ha sorprendido! ¡Me ha llenado la taquilla con rosas y con mis magdalenas favoritas!

¡Ahora, mi gran problema es que todas las animadoras del grupo andan enamoradas de MI novio! Tengo que espantarlas con un palo. Reconozco que estoy celosa de que llame tanto su atención, y tengo miedo de perderle. ¡Necesito tu ayuda! ¿Cómo puedo conseguir que siga interesado por mí, cuando todo el club de admiradoras le va detrás, adorándolo?

La Novia de los Ojos Verdes

Vaya, ¡genial ☹! ¡Me ha salido el TIRO POR LA CULATA!

Y, encima, las cartas a la Señorita Sabelotodo han comenzado a amontarse.

Así que he decidido que había llegado la hora de consultar a mis expertas en conducta humana preferidas.

Cuando las cosas se descontrolan, siempre puedo contar con mis dos BFF...

¡Chloe, una gurú de la autoayuda, y Zoey, toda una eminencia en todo lo que se refiera a cosas de chicas y sensiblerías!

He pensado que podía pedirles que se quedasen el martes después de clase, para leer las cartas y aconsejarme sobre cómo contestarlas.

¡Si alguien puede ayudarme a salir de todo este follón, son ELLAS!

¡¡☺!!

Querida Señorita Sabelotodo,

Soy una alumna del instituto, que he venido de Boise, Idaho. Llegué a este colegio hace seis meses, y ya lo odio. Hasta ahora, mi experiencia con la gente de aquí ha sido horrorosa. El primer día, me senté durante el almuerzo con varias chicas que me parecieron simpáticas y extravertidas. Pensé que no les importaría que comiera con ellas. ¡Pero menuda sorpresa me llevé!

Cuando me presenté, todas se callaron y se quedaron mirándome fijamente. ¡Me sentí muy incómoda! Luego fui a buscar unas servilletas y, cuando regresé, todas se estaban riendo por lo bajo. Entonces descubrí que mi almuerzo había desaparecido. ¡Lo habían tirado a la basura, junto con mi mochila!

¡Quisiera volver a mi colegio de Idaho, o dejar definitivamente de ir a la escuela! ¿Qué he hecho para merecer esto?

Nostálgica de Idaho

Probablemente contestar esta carta habría sido un reto difícil para mucha gente. Pero nadie mejor que yo para aconsejar a una novata traumatizada y con problemas: sabía exactamente lo que debía decirle.

Querida Nostálgica de Idaho,

Sé que ser una novata no es precisamente un camino de rosas. Comprendo cómo te sientes, porque he pasado por esa misma experiencia. Pero no debes precipitarte y juzgar a la gente tan deprisa. No todo el mundo está cortado por el mismo patrón y te aseguro que hay alumnos que llevan años en el WCD y que tampoco sienten que encajan. Puede que no resalten, porque son más callados y más maduros que ese atajo de bocazas que se mueren por llamar la atención y ser "populares". ¡Resiste! Cuando yo estaba a punto de rendirme, conocí por fin a mis amigas. Puedes estar segura de que las niñatas que te tiraron la comida a la basura son todavía más inseguras que tú. No dejes de contar a tus padres o a algún profesor lo que te sucedió. ¡Y recuerda que las cosas van a mejorar!

Tu amiga,
SEÑORITA SABELOTODO

Habría querido contarle mis terribles experiencias con las del grupo de las GSP y su reina bruja, Mackenzie.

Pero mi respuesta habría sido demasiado larga y habría acabado pareciéndose más a un libro que a una carta.

¡No! ¡Más bien sería toda una SERIE de libros!

Esperaba que mis palabras le dieran a Nostálgica de Idaho ánimos suficientes para resistir un poco y concederle al WCD una oportunidad.

Creo que sé quién puede haber escrito esa carta.

Me he propuesto cuidar de ella e invitarla a que venga a almorzar con Chloe, Zoey y conmigo la semana que viene.

¡¡☺!!

¡Madre mía! ¡Madre mía! ¡Madre mía!

¡He recibido una carta que me ha alterado mucho!
Creo que sé quién la ha escrito...

Querida Señorita Sabelotodo,

En septiembre pasado conocí a una chica y
enseguida congeniamos. Es guapa, lista, divertida
y tiene talento artístico. Estoy empezando a
pensar que podríamos ser muy buenos amigos o
incluso puede que algo más. Pero soy muy torpe
al expresarme. Y cuando intento decirle lo que
siento, me entra el pánico y no hago otra cosa que
quedarme mirándola como un idiota.

Lo que me da miedo es cómo reaccionará, porque
no estoy seguro de si yo le gusto. También me
preocupa que se entere de que, a diferencia de
todos los alumnos de este colegio, mi familia no
tiene dinero. No se lo he contado a nadie, porque
no quiero que empiecen a tratarme de otro modo.

¿Debería ser sincero con ella y arriesgarme a
ser rechazado o continúo ocultándolo todo para
seguir siendo amigos?

Chico Tímido

¿Y si Brandon ha escrito esto sobre MÍ? ¡YUJU!

¡Oh, no! ¡Se me acaba de ocurrir algo terrible! ¿Y si Brandon se refería a Mackenzie? ¿Y si quien le gusta es ella y NO YO ☹?

Querido Chico Tímido,

POR FAVOR, piensa las cosas detenidamente antes de decirle a tu amiga que te gusta. Podría ser la MEJOR decisión de tu vida. O podría llevarte a la ruina y a la desesperación. Si se trata de una chica torpe y tímida, pero encantadora, entonces no tienes nada que temer. ¡En ese caso, debes decirle que te gusta! ¡Y probablemente ella te corresponderá! Pero si estás enamorado de una GSP con una personalidad más falsa que sus pestañas postizas, entonces solo puedo aconsejarte una cosa: ¡NO LO HAGAS! ¡Se trata de un chica ruin, arrogante y egocéntrica, y debes huir de ella cuanto antes (y no es que la conozca)!

Tu amiga,
SEÑORITA SABELOTODO

P.S. ¡Buena suerte! ¡Te va a hacer falta!

Vale, reconozco que mi carta era un poco tendenciosa. Pero no os imagináis lo que pasó luego. Poco después de que mi consejo se publicase, Brandon me preguntó si quería saltarme el almuerzo para trabajar con él en un proyecto de biología, para subir nota.

Y, mientras trabajábamos, tuvimos una charla muy seria.

BRANDON Y YO, HABLANDO EN PROFUNDIDAD

Dijo que quería compartir muchas cosas íntimas conmigo, pero que eso le ponía algo nervioso.

Me dijo que se sentía MUY a gusto conmigo, porque yo era sincera, y me sentía bien conmigo misma (a diferencia de Mackenzie).

Que yo no pretendía aparentar nada y que era una persona muy auténtica. Y añadió que era una fuente de inspiración para él, que me admiraba y me consideraba una de sus mejores amigas en el WCD.

¡Madre mía! Me sentí MUY halagada.

Pero empecé a ASUSTARME cuando me di cuenta de que estaba TOTALMENTE EQUIVOCADO conmigo.

Yo no TENGO ninguna de esas virtudes.

De hecho, Brandon no sabe cómo soy EN REALIDAD.

Pero no es culpa SUYA.

Soy la persona MÁS MENTIROSA de todo el WCD.
¡Puede que incluso más que Mackenzie!

Después de aquella conversación, me quedé muy
preocupada por nuestra amistad.

NO soy ni mucho menos lo que él piensa que soy.

Pero la verdad es que me gustaría MUCHO ser así,
porque Brandon se merece tener una amiga con esas
cualidades.

Me siento MUY insegura y tengo miedo de que no
le guste la persona tímida que Nikke Maxwell es en
realidad.

¿Por qué mi vida es TAN complicada?

¡¡☹!!

¡El cumpleaños de Brandon es el próximo viernes!

He visto varios vestidos en una revista de moda y he seleccionado uno supermono que voy a llevar en su fiesta.

¡Y no solo eso! ¡También he empezado a hacer gárgaras a diario con un colutorio blanqueador de dientes! Aunque sepa a lejía y me escueza la lengua. En la revista de moda donde he encontrado mi vestido dice que a los chicos les encanta ese aspecto de "haberte hecho una limpieza de boca".

He dedicado mucho tiempo y esfuerzos a prepararme para el gran día de Brandon. Pero me he olvidado totalmente de un pequeño detalle:

¡Su regalo de cumpleaños! ¡MECACHIS! ¿En qué estaría pensando?

Chloe y Zoey han sido diligentes y hace semanas que le han comprado el regalo. Suerte que me han acompañado al centro comercial para ayudarme a elegir.

Pero, por desgracia, Brianna se ha apuntado. Y se MORÍA de ganas de ir a la gran inauguración del Kandy Kingdom, la zona de recreo del centro comercial.

"¿Por dónde empezamos?", ha preguntado Chloe mientras contemplábamos el directorio del centro comercial.

"Arriba hay una tienda de chismes que está bien. Puede que allí encontremos algo", he sugerido.

Chloe, Zoey y yo nos hemos dirigido a las escaleras mecánicas, pero a mis espaldas solo he oído las pisadas de dos pares de botas para la nieve. ¿Dónde estaba el tercero?

Me he vuelto y he visto a Brianna plantada unos metros más atrás, con el ceño fruncido y la cara larga.

"¡Vamos, Brianna! ¡Nos estás retrasando!", he gritado.

"¡Quiero ir al Kandy Kingdom! ¡AHORA!", ha lloriqueado.

Sabía que si no le decía que sí no iba a dar un paso más.

"¡Bueno, vamos! Pero solo podemos estar un cuarto de hora, ¿vale?", le he dicho. "¿Por dónde se va?".

"¡Tenemos que montar en el Gumdrop Express!", ha exclamado Brianna señalando un trenecito de colores que atravesaba el vestíbulo. Lo conducía un señor mayor con disfraz de maquinista muy llamativo.

"¿No lo dirás en serio?", le he dicho, avergonzada. "¡No pienso subirme en eso! ¡Alguien podría vernos!".

"¡Pero mira qué bonito es!", ha exclamado Chloe. "¡Será divertido!".

"¿Podemos montarnos? ¡PORFAAA...!", ha implorado Brianna.

Mi hermana y Chloe me han mirado con ojos de cachorrito abandonado.

¡NO es justo que se hayan aliado de esa manera!

"De acuerdo. Ya está bien", he gemido. "¡Y dejad ya de poner esa cara! ¡Me crispa los nervios!".

Los 90 dólares que tenía en el monedero eran los ahorros de mi vida. Y subirnos a aquel dichoso tren costaba 5 dólares por cabeza. Aun así, he pensado que 70 dólares eran más que suficientes para comprarle un buen regalo para Brandon (y otro para MÍ).

Zoey y yo nos hemos apretujado de mala gana en la parte trasera del trenecito. ¡Madre mía! ¡Qué vergüenza hemos pasado!

Incluso nos hemos tapado la cara con las bufandas para que nadie pudiese reconocernos.

Mientras, Chloe y Brianna iban sentadas en el vagón de delante, saludando con la mano a todo el mundo y charlando con el maquinista durante todo el trayecto.

¡YUJUUU!
¡ME ENCANTA ESTE TREN!

EL GUMDROP EXPRESS →

¡CHLOE Y YO PASAMOS MUCHA VERGÜENZA!

227

Después del paseo en el trenecito y de visitar el Kandy Kingdom, Brianna ha empezado a quejarse de que tenía hambre.

"¡Tengo hambre! ¡Quiero ir al Queasy Cheesy!", ha dicho.

Yo ya empezaba a estar harta, pero más vale hacerle caso cuando tiene hambre. ¡Si empezaba con una de sus pataletas, la cosa podía ponerse muy FEA!

Dar de comer a aquel monstruíllo me ha costado otros 19 dólares, más la propina.

Después hemos ido a la tienda de electrónica y Chloe y Zoey me han ayudado a buscar un reproductor MP3 y varios videojuegos que podían gustarle a Brandon.

Mi idea era volver a la tienda a por los regalos después de mirar en un par de sitios más.

Cuando solo nos habíamos alejado unos pasos, hemos visto unas botas supermonas en una tienda muy fashion.

¡Madre mía! ¡Eran una MARAVILLA!

¡MIRA!

Aunque se suponía que estábamos allí para comprarle a Brandon un regalo, no había nada de malo en entrar para verlas más de cerca.

Mientras mis BFF y yo babeábamos ante aquellas botas estupendas, me he dado cuenta de que Brianna había desaparecido: probablemente se aburría y ha decidido ir a dar una vuelta por ahí.

Por suerte, enseguida he descubierto sus coletas al otro lado, en la sección de cosméticos. Brianna estaba sentada en una elegante silla, embadurnándose la cara de maquillaje y canturreando.

"Brianna, ¿qué estás haciendo?", la he regañado. "No debes jugar con eso. Además, eres DEMASIADO joven para maquillarte".

Entonces se ha apartado del espejo y se ha vuelto para mirarme sonriente. ¡Madre mía! ¡Casi se me salen los ojos de las órbitas!

Esa supermodelo en miniatura había cogido la sombra azul brillante y se había pintado literalmente hasta las cejas, se había aplicado varios kilos de colorete en las mejillas, y se había embadurnado la boca con una barra de labios morada.

Al mirarme, ha sacudido sus largas pestañas postizas, que le colgaban de los párpados como pequeñas orugas.

"¿Verdad que estoy guapa, QUE-RRRIDA?", ha ronroneado adoptando una pose de modelo.

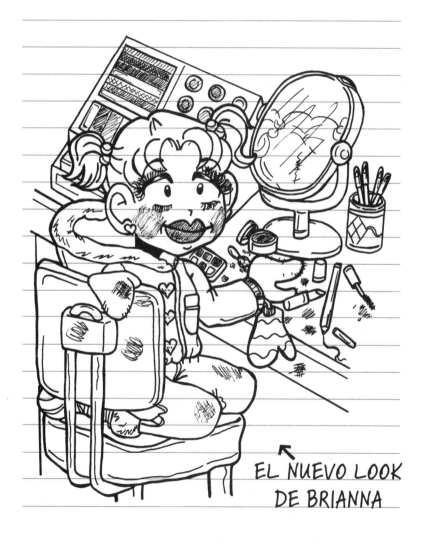

EL NUEVO LOOK
DE BRIANNA

Se me han ocurrido varios adjetivos para describir su aspecto, pero "guapa" no estaba entre ellos.

"¡Lo siento, Brianna! ¡Pareces una mezcla de cerdita y zombi! Vamos, devuelve esas muestras adonde las has encontrado. Y límpiate la cara para no asustar a la gente. ¡O tendré que ponerte una bolsa en la cabeza!".

"¡Antipática!", ha musitado, y me ha sacado la lengua.

Cuando he visto que metía una barra de labios en un flamante envase todo nuevecito, casi me ha dado un ataque al corazón.

"¡Pero bueno! ¡Brianna!", he chillado, mientras examinaba el montón de cosméticos que había utilizado. "¡Esto NO SON muestras!".

"¿Qué son muestras?", ha preguntado Brianna parpadeando inocentemente con sus largas pestañas.

"Pero ¿no lo entiendes?", le he dicho casi llorando. "¡Tendremos que PAGAR todo esto! ¡De lo contrario estarías robando!".

¡Así se ha esfumado el resto del dinero para el regalo de Brandon!

YO, UTILIZANDO CASI TODO MI DINERO PARA PAGAR LOS COSMÉTICOS QUE BRIANNA HABÍA UTILIZADO

He acabado gastándomelo casi TODO. ¡Me han quedado solo tres dólares y diez centavos!

Y me los he tenido que gastar en toallitas desmaquillantes para limpiar el pringue que Brianna llevaba en la cara. ¡Menos mal que Chloe y Zoey estaban allí para ayudarme! Son las mejores amigas que podría tener.

Pero, ahora que estoy a dos velas, ¿cómo voy a comprar el regalo de Brandon?

No pienso presentarme en su fiesta sin regalo. ¡Eso sería MUY cutre!

Puede que le cuente la verdad. Que no puedo asistir, porque estoy sufriendo un caso grave de SHB... también conocido como ¡Síndrome de Hartazgo de Brianna!

¿POR QUÉ, POR QUÉ, POR QUÉ no seré hija única?

¡¡☹!!

Contestar todas las cartas que recibe la Señorita Sabelotodo se está convirtiendo en un trabajo agotador.

Así que he estado estrujándome los sesos para inventarme un sistema que me permita contestarlas todas en menos de una hora.

Al final creo que he dado con la solución perfecta. ¡Un formulario! También conocido como...

CONSEJOS ABREVIADOS
DE LA SEÑORITA SABELOTODO

Querido/a: _____,
(INSERTAR NOMBRE)

Leer tu
☐ triste carta
☐ inquietante carta
☐ demencial carta
☐ extraña carta

me ha afectado tanto que, de hecho,

- ☐ he llorado como una niña.
- ☐ casi me muero de miedo.
- ☐ he llorado de risa.
- ☐ me he sentido tan mal que he vomitado.

Yo pasé por la misma situación cuando

- ☐ me probé la dentadura postiza de mi abuela
- ☐ pisé un pañal sucio
- ☐ me comí una caja entera de galletas para perros
- ☐ me di cuenta de que mi aliento olía a hígado y cebollas

y estuve a punto de darme por vencida.

Me doy cuenta de que tu problema es abrumador y que probablemente te sientes tan

- ☐ asqueado/a   ☐ enfadado/a
- ☐ asustado/a   ☐ confuso/a

que quieres
- ☐ teñirte el pelo de morado.
- ☐ comerte un plato de gusanos fritos.
- ☐ luchar en el barro con un cerdo grande.
- ☐ meterte un perrito caliente por la nariz.

De todos modos, después de pensar
detenidamente en el problema que
tienes con
- ☐ tu novio/a
- ☐ tus padres
- ☐ tu mejor amigo/a
- ☐ el perro del vecino

creo que el mejor consejo para ti es que
- ☐ huyas tan deprisa como puedas.
- ☐ te unas a un circo.
- ☐ tomes un baño de espuma relajante.
- ☐ consigas una nueva familia.

Esto ayudaría a aliviar
- ☐ la humillación
- ☐ la desesperación
- ☐ la irritación
- ☐ el estreñimiento

que has estado sufriendo.

Recuerda que lo importante no es que ahora mismo las cosas
- ☐ estén negras
- ☐ apesten
- ☐ sean irritantes
- ☐ estén mal

porque siempre se pueden mejorar.

Espero que este consejo te resulte de utilidad.

Tu amiga,

SEÑORITA SABELOTODO

De acuerdo. Admito que antes de enviarlo a los alumnos TODAVÍA debería ~~necesita~~ pulirlo un poco más.

Pero así me ahorraré un montón de tiempo.

¿No soy GENIAL?

¡¡☺!!

¡¡YO, APROVECHANDO EL TIEMPO QUE ME HE AHORRADO GRACIAS A MI NUEVO FORMULARIO PARA JUGAR CON MI TELÉFONO MÓVIL!!

He tenido una indigestión y no ha sido por las palomitas de microondas que me he comido hace unas horas.

He empezado a replantearme lo del periódico.

Mi sección de consejos requiere escribir docenas de cartas kilométricas a mis atormentados compañeros y ofrecerles consejos sensatos, imparciales e inteligentes.

Todavía me da la RISA cuando pienso que soy YO quien desempeña el papel de Señorita Sabelotodo.

¡Es que soy la última persona de quien aceptaría consejo!

Me he pasado tanto rato sentada ante mi mesa, contemplando el montón de cartas que ha recibido la Señorita Sabelotodo que se me ha quedado el culo entumecido...

YO, CON EL CULO ENTUMECIDO, DESPUÉS DE ESTAR TANTO RATO SENTADA ANTE EL MONTÓN DE CARTAS

¡No sabía por dónde empezar!

"¿Por qué será tan difícil?", he gemido tapándome la cara con las manos.

No entendía cómo podía estar TAN cansada sin haber hecho nada. Pero lo estaba.

Y entonces he oído una risita por detrás. Pero cuando he mirado alrededor, no he visto a nadie.

Está claro que con la tensión y la falta de sueño empezaba a tener alucinaciones.

Cuando me he vuelto hacia el ordenador portátil, me he sobresaltado un poco al ver dos ojos pintados, una boca torcida y una mano justo delante de mi cara.

"¡¡HOLA!! ¡Soy la señorita Penélope y no encuentro mis botas para la nieve! ¡Creo que las he dejado por aquí!", me ha dicho Brianna con una voz tan aguda y chillona que podría haber roto un vaso.

"¡No se te ocurra volver a darme uno de estos sustos!", le he gritado con brusquedad. "¡Casi me da un ataque al corazón!".

Brianna y la señorita Penélope se han limitado a sonreír y mirarme como muñecos malignos, o algo así.

¡POR CULPA DE BRIANNA Y LA SEÑORITA PENÉLOPE CASI ME DA UN ATAQUE AL CORAZÓN!

"¡Pero qué dices, Brianna! ¡Si la señorita Penélope ni siquiera tiene PIES!".

"¡TAMBIÉN tiene!", me ha dicho, y me ha sacado la lengua.

"¡Desapareced ya! ¡Y dile a la señorita Penélope que no se deje sus cachivaches invisibles en mi habitación!".

No creo que Brianna haya escuchado ni una sola palabra de lo que he dicho. Su limitadísima capacidad de atención estaba puesta en la pantalla del ordenador.

"¿Qué estás escribiendo?", me ha preguntado.

"Cosas para el periódico del colegio", he murmurado. "Y ahora ¿por qué no desaparecéis de mi vista y os vais a dar la tabarra a otra parte?".

"¡Ohh! ¿Eres redactora de un periódico?", ha dicho Brianna con entusiasmo, visiblemente impresionada. "¡Yo también quiero! ¿Me dejas que escriba algo? ¡Porfa!".

"Créeme, Brianna, me encantaría encargarte todo este trabajo, pero no quiero que me despidan. Además no eres más que una niña pequeña. Lo único que sabes sobre periódicos es encontrar la página de los chistes".

"Eso no es verdad. Sé muchas cosas sobre periódicos", ha protestado Brianna, lanzándome una mirada furiosa. "¡Pues si no me dejas escribir, entonces la señorita Penélope y yo vamos a hacer nuestro PROPIO periódico!".

"¡Muy bien! Haced lo que queráis, pero dejad ya de incordiarme para que pueda acabar mi trabajo".

"¡Te arrepentirás! ¡Vamos a demostrarte quién es la mejor periodista!", ha dicho Brianna indignadísima.

Entonces mi hermana y la señorita Penélope han salido de mi habitación echando chispas.

¡Ay, ay, ay...! Me he preguntado si no habré empeorado las cosas. Cuando Brianna se propone algo, es capaz de fastidiarme la vida hasta que consigue salirse con la suya.

Después de estar escribiendo otra hora (en la que apenas he podido terminar tres cartas), he bajado otra vez a la cocina para picar algo.

"¡El periódico! ¡Compre aquí su periódico! ¡Prensa calentita!", gritaba Brianna, entrando en la cocina disfrazada de repartidor con la gorra de papá y un montón de hojas de papel bajo el brazo. "¿Quién quiere un periódico?".

Yo la he mirado exasperada y le he preguntado: "Ese 'quién' se refiere a mí, ¿verdad?".

"¡Oh! ¡No la había visto, señora!", ha exclamado Brianna, continuando en su papel. "¿Quiere un periódico? Así estará al día de las últimas noticias y cotilleos sobre la familia Maxwell. ¡A mi próximo cliente se lo voy a dar GRATIS!".

"¡De acuerdo!", le he dicho siguiendo la broma. "Si es gratis, me llevaré uno de tus periódicos".

"¿Sabes una cosa, Nikki? ¡La señorita Penélope y yo tenemos un periódico MUCHO mejor que el TUYO!", ha alardeado Brianna descaradamente.

Entonces me ha entregado un ejemplar, toda orgullosa.

No me ha gustado reconocerlo, pero Brianna tenía razón. Aparte de las excelentes fotografías de Brandon, la mayor parte del periódico del WCD no era más que un MUERMO.

El periódico de Brianna se llamaba *Algún día* y estaba escrito a lápiz.

"Brianna, te has confundido con el nombre. Tenía que llamarse *El Día*".

"¡De eso nada!", ha contestado. "¡Se llama *Algún Día*! ¡Porque algunos días trae BUENAS noticias! ¡Y otras, MALAS!".

Vale. Si haces una pregunta estúpida, te contestarán una estupidez.

La letra de Brianna es un desastre. A duras penas he conseguido descifrar el primer titular:

¡LA PRESIDENTA PENÉLOPE APRUEBA UNA LEY QUE AUTORIZA A COMER HELADOS ANTES DE CENAR!

¡Muy bien!

He sonreído para mis adentros. Habrá que ver qué tiene que decir mamá al respecto.

Estaba algo impresionada por la ilustración con que Brianna acompañaba el artículo. ¡Muy BUENA!

Y entonces he leído el titular de la página siguiente:

¡ENCUENTRAN UN GRAN OSO PARDO CON ALIENTO
APESTOSO EN LA HABITACIÒN DE NIKKI!

OSO

ENCUENTRAN UN OSE CON ALIENTO APGSTOSO EN LA HABITACIÓN DE NIKKI

Junto al artículo había un dibujo de un oso con aspecto feroz, los ojos bizcos y los dientes puntiagudos, de cuya boca salían vapores pestilentes.

¡Y llevaba puesto un chándal azul pálido igual que el mío! ¡Eso ya no me ha gustado tanto!

"¿Qué es esto?", he gritado, enfadada. "¿Por qué hay un oso pardo furioso en mi habitación, Brianna? ¿Y POR QUÉ VA VESTIDO IGUAL QUE YO?".

"¡Ups! Me había olvidado de que ese dibujo estaba ahí". Brianna ha dejado escapar una risita nerviosa. "¡Uy! ¡Mira qué hora es! Tengo que terminar mi ruta del reparto. ¡ADIÓS!".

Se ha esfumado de la cocina y ha subido las escaleras a la carrera.

"¡Eh! ¡Ven aquí o el oso grande y peludo se enfadará!", he gritado, persiguiéndola hasta su cuarto.

Ha tenido suerte, porque ha conseguido cerrar con pestillo justo antes de que yo llegase.

Esa mocosa me ha sacado de mis casillas. ¡Pienso enseñarle lo que es experimentar en primera persona uno de esos episodios de *¡Cuando las bestias atacan!*

Brianna lleva un buen rato encerrada en su habitación, así que imagino que no estará haciendo nada bueno... Probablemente habrá empezado a preparar el próximo número de esa porquería hortera que ella llama *Algún día*.

¡ARGHHH! ¡A veces me entran ganas de estrangularla!

Pero ahora que lo pienso...

Me pregunto si Brianna estaría interesada en trabajar en la sección de consejos de la Señorita Sabelotodo.

¡MEJOR QUE NO!

¡¡☹!!

Me llevó una ETERNIDAD terminar todas las cartas para mi sección de consejos.

Estaba MUY contenta cuando por fin envié la última para revisión editorial. Como de costumbre, mi sección fue muy comentada.

Pero, a la hora del almuerzo, los buzones estaban llenos a rebosar. ¡OTRA VEZ!

Para intentar poner remedio al exceso de cartas, la secretaria del colegio ha cogido una caja grande, ha garabateado las palabras "Correo para la Señorita Sabelotodo" y la ha puesto en la puerta de su despacho.

Ha sido alucinante. Al final del día, se acumulaban 216 cartas en la caja.

La verdad es que soy MUY afortunada, porque Chloe y Zoey se han prestado a quedarse conmigo después de clase, para ayudarme a clasificarlas y contestarlas todas. ¡No sé qué hubiera hecho sin ellas!

Estas somos nosotras, ANTES de contestar las cartas.

Estas somos nosotras, DESPUÉS de contestar las cartas.

Pero hoy la mejor noticia me la ha dado el mismo señor Zimmerman. Cuando estábamos a punto de terminar, Lauren ha entrado a toda prisa y me ha dicho que el señor Zimmerman quería verme lo antes posible. A pesar de que he ido acostumbrándome a su forma de ser, Zimmerman todavía me pone muy nerviosa.

No tenía ni la más remota idea de para qué quería hablar conmigo. A menos que Mackenzie estuviera tramando alguna de las suyas.

Tal vez hubiera cumplido su amenaza de escribir un artículo sobre la Gran Broma del Papel Higiénico, con todas esas mentiras de que yo había arrojado huevos a su casa.

¡Oh, no! ¿Qué pasaría si Zimmerman le entregaba aquel artículo al director del colegio? ¿Y si el director llamaba a nuestros padres?

¡Puede que Chloe, Zoey, Brandon y yo acabáramos expulsados del colegio ☹!

Mi corazón ha empezado a latirme más deprisa y un

sudor frío me ha empapado la frente. He llamado a la puerta del despacho de Zimmerman y me ha dicho que pasara.

"¡Gracias por venir, Nikki! Por favor, siéntate. ¡Tengo que reconocer que me he quedado muy impresionado y sorprendido al enterarme de lo que has hecho! Y Lauren me ha dicho que dos amigas tuyas te han ayudado".

"Yo... lo lamento de veras, señor Zimmerman. No es tan malo como parece. ¡Puedo explicarlo todo!".

"¡Jovencita, no hay una explicación lógica ni racional para eso! ¡Tu sección no solo es la más leída de nuestro periódico, sino que además ha incrementado en un 42 % nuestro índice de lectura! SABÍA que podías hacerlo. ¡Felicidades, jovencita!".

Me lo he quedado mirando con la boca abierta. "Bueno... Realmente ES una gran noticia. ¡Muchas gracias!".

Y entonces se ha producido una escena surrealista. Zimmerman ha soltado unas lagrimitas mientras sostenía un papel enrollado y atado con un lazo rojo.

"Todos los meses, concedo un diploma a la Contribución Más Valiosa (CMV). Tengo el placer de recompensarte con este certificado por tu excepcional aportación al periódico del WCD, como la colaboradora Señorita Sabelotodo. ¡Que Dios te conceda una vida larga y próspera, jovencita!".

EL SEÑOR ZIMMERMAN ME ENTREGA UN DIPLOMA POR CMV DEL MES

¡Oh! ¡Qué CONTENTA estaba!

Pero, sobre todo, me he sentido aliviada.

Después de todo mis amigas y yo no nos hemos metido en ningún problema.

Y ahora la Señorita Sabelotodo ha recibido un premio.

¡¡¡CHÍNCHATE Y BAILA, MACKENZIE!!!

Y todavía ha habido más buenas noticias.

Como estaba tan abrumada por el número de cartas, el señor Zimmerman me ha aconsejado que cada día seleccionara seis u ocho cartas para contestar; es lo que hacen todos los colaboradores profesionales de las secciones de consejos. ¡ESO ESTARÁ CHUPADO!

Así que no tengo que matarme intentando contestar doscientas cartas diarias. ¡¡YU-JU!!

¡¡☺!!

Ahora tendría que estar durmiendo. Pero, por desgracia, estoy superdespejada, tratando de NO dejarme llevar por el pánico. Sabía que debería haber esperado hasta después de clase para mirar en los buzones; es lo que hago siempre, pero hoy no tenía tiempo porque TODAVÍA debía comprarle un regalo de cumpleaños a Brandon.

Por eso he decidido pedir permiso para ir al cuarto de baño en clase de geometría. Como los pasillos suelen estar vacíos durante las horas de clase, he pensado que podría recoger las cartas sin correr peligro de que se desvelase mi identidad secreta.

He hecho mi recorrido habitual por el colegio sin ningún incidente. Ya solo me quedaba un buzón por mirar. Me he aproximado con el sigilo de un ninja y, en un abrir y cerrar de ojos, he levantado la tapa y he metido la mano dentro para recoger las cartas.

Pero, en ese momento, ha surgido una complicación inesperada. Concretamente . . .

¡MACKENZIE ME PILLA SACANDO LAS CARTAS DEL BUZÓN!

"Nikki, ¿qué estás haciendo? ¿No estabas en el cuarto de baño?".

"Bueno... Ahora iba hacia allí. Pero ¿a ti qué te

importa? ¿Quién te crees que eres? ¿La POLICÍA DEL BAÑO?".

"¿Y quién te crees que eres TÚ? ¿La Señorita Sabelotodo? Estoy segura de que no le gustaría saber que te dedicas a curiosear en sus cartas como...".

Y entonces Mackenzie se ha quedado en silencio y me ha lanzado una mirada de desconfianza.

"¡Un momento! ¿Eres TÚ la Señorita Sabelotodo?".

"¡Qué dices! Solo estaba metiendo en el buzón la carta que le he escrito, porque necesito su consejo".

"¿Y qué haces con la tapa de la caja en la mano? ¿No podías haber echado la carta por la ranura como todo el mundo?".

"Es que... he tenido que abrir la caja, porque... bueno... la ranura estaba obstruida".

Mackenzie ha mirado la tapa de la caja. "A mí no me lo parece".

"¡Pues claro! Acabo de desatascarla ahora mismo".

He vuelto a colocar la tapa en la caja y he mirado a Mackenzie.

Luego las dos hemos regresado a la clase.

Pero ¡fijaos en esto! Ha empezado a cuchichearle a Jessica al oído, mientras me dirigía miradas torvas.

Y todo el mundo sabe que Jessica es la más cotilla del colegio.

Como trabaja en secretaría, se entera de todos los chismorreos interesantes sobre los profesores y el personal.

De hecho, estoy convencida de que Jessica le ha chivado a Mackenzie lo del diploma a la Contribución Más Valiosa que me ha concedido el señor Zimmerman.

Porque, después de clase, cuando he ido a mi taquilla, me la he vuelto a encontrar y estaba TAN furiosa que prácticamente le salía humo por las orejas.

Creo que Mackenzie está SUPERcelosa, porque:

1. Faltan dos días para la fiesta de Brandon y TODAVÍA no tiene invitación.

2. Sospecha que soy la Señorita Sabelotodo, y MI sección de consejos tiene más éxito que SU rollo sobre la moda.

3. Zimmerman me ha premiado con el diploma CMV.

4. Brandon y yo cada vez somos más amigos.

He visto venir que iba a decirme algo, por la forma en que me ha mirado: de arriba a abajo.

Y, chica, he acertado.

Ha cerrado su taquilla de un portazo y se ha encarado conmigo, pegando su rostro contra el mío como si fuera pomada para el acné o algo así.

Esa tía está pirada...

ESCUCHA, NIKKI!
¡ESTOY HARTA DE
TUS TRUQUITOS!

¡MACKENZIE, ENCARÁNDOSE
CONMIGO SIN RAZÓN APARENTE!

"Jessica me ha dicho que el señor Zimmerman te
ha dado una birria de premio. ¡Enhorabuena! Pero
yo que tú no estaría tan contenta. Mañana por la
mañana pienso reunirme con el director Winston para
contarle lo de aquel incidente con el papel higiénico.

Considero que las tres culpables se merecen ser expulsadas".

"Ya era HORA de que te enteraras de que lo hicimos solo Cloe, Zoey y yo. Brandon no tuvo nada que ver", le he dicho.

"¿Me tomas el pelo? ¡NO soy tan estúpida! Siempre he sabido que lo habíais hecho solo vosotras tres. Os estuve observando todo el rato desde la ventana de mi habitación, payasas".

"¿Nos viste? ¿Y por qué no intentaste impedir que pusiéramos papel higiénico en tu jardín?".

"¿Y por qué iba a interrumpir vuestra aventurita? ¡Podía usarla para que os expulsaran del colegio! ¡Que es lo que pienso hacer mañana!".

"¿Y por qué le echaste la culpa a Brandon, si sabías que éramos nosotras?", le he preguntado.

"Porque él no querría que os perjudicara a ti y a tus amigas. Y pensaba mantenerte al margen de todo, si se enrollaba conmigo y me invitaba a su fiesta. ¡Todo el mundo piensa que haríamos MUY BUENA pareja! Pero no estaba interesado. ¡Los chicos son así de raros!".

Mackenzie intentaba UTILIZARME para tratar de CONVENCER a Brandon de que saliera con ella. ¡OTRA VEZ! Pero yo confiaba en Brandon y sabía que era un colega legal.

"¡Mackenzie, estás enferma! ¡Me cuesta creer que hayas montado todo este lío solo para conseguir una invitación a una fiesta!".

"¡Lo dices como si fuera algo malo! ¡De todos modos, me muero de ganas de que te marches para que Jessica, mi mejor amiga, pueda tener tu taquilla. Cuando Winston te dé la patada, POR FIN nos libraremos de tu aliento apestoso en esta escuela".

Me he quedado mirando sus ojos malvados, sin decir ni una palabra.

Para tratar de seguir estudiando en el WCD, he

pasado por todo un culebrón. ¡Y ahora me iban pegar la patada por la Gran Broma del Papel Higiénico! ¡Una travesura inofensiva! A la que Mackenzie se había encargado de sacarle bien todo el jugo.

Pero, más que nada, me sentía fatal por Chloe y Zoey. Se verían involucradas en una situación desastrosa solo porque Mackenzie quería HACERME daño.

Sabía que tenía que hablar con mis BFF y avisarlas, pero estaba demasiado cansada y abrumada.

Ese mes había sido como una montaña rusa infernal. Y parecía que no iba a terminar. Y cuando descarrilara, me estrellaría, y todos mis sueños y esperanzas se romperían en mil pedazos.

Luego, esta misma noche he tenido pesadillas muy desagradables, una detrás de otra.

Pero solo UNA ha sido lo bastante terrible como para despertarme...

Estoy segura de que cuando Mackenzie hable mañana con el director Winston, voy a tener problemas.
Puede que incluso me echen del colegio.

Si eso sucede, ni siquiera la beca que me concedieron por el contrato de fumigación me ayudará a seguir en el WCD.

Y, encima, cuando mis padres se enteren de todo este asunto, ¡se me va a CAER EL PELO!

Lo único que puedo hacer ahora es enterrar la cabeza bajo la almohada y llorar a moco tendido.

¡Mi situación es DESESPERADA!

¡ME RINDO!

¡¡☹!!

El tiempo parece transcurrir más despacio cuando estás esperando a que suceda algo HORRIBLE. Lo que significa que la jornada en el colegio se alarga más y más y más.

Estoy tan cansada que apenas puedo mantener los ojos abiertos. Y es que me he pasado casi toda la noche llorando y con pesadillas.

Tengo la sensación de que mi vida está fuera de control.

Se supone que he ido al almacén del conserje a coger un recambio para el chisme de desinfectar las manos de la biblioteca.

Pero la verdad es que he estado todo el día tan estresada que necesito escribir urgentemente en mi diario.

Si no me paso un rato desahogándome por lo que ha sucedido, voy a...

¡EXPLOTAR!

Llevo todo el día hecha un manojo de nervios, preguntándome si Mackenzie cumplirá su amenaza y le hablará al director de la Gran Broma del Papel Higiénico.

A medida que se ha ido acercando la última clase del día, me he ido convenciendo de que tal vez no había sido más que otra de sus mentiras. Quizás al final había decidido NO seguir adelante con su plan.

Pero, como era de esperar, cuando estábamos en la biblioteca colocando los libros en las estanterías, la secretaria del centro nos ha hecho llegar a Chloe, a Zoey y a mí tres citaciones para que fuéramos a reunirnos inmediatamente con el director Winston.

¡Cuánto me he arrepentido de haber adornado la mansión de Mackenzie con esos rollos de papel higiénico! Ahora íbamos a tener que sufrir las consecuencias.

Chloe, Zoey y yo hemos avanzado cabizbajas por el pasillo hacia la secretaría, como si fuéramos a asistir a nuestra propia ejecución, o algo así.

Lo peor de todo era no saber si habían llamado a nuestros padres, o si iban a asistir a la reunión.

Cuando hemos entrado en secretaría, la secretaria nos ha sonreído y nos ha pedido que esperáramos sentadas en la antesala del despacho del director.

"Tengo que hacer un recado urgente", ha dicho, "pero estaré de vuelta en unos minutos. El director Winston está hablando por teléfono y, en cuanto termine, se reunirá con las cuatro".

"¿Las cuatro?". Entonces nos hemos vuelto y hemos visto a Mackenzie allí sentada, mirándonos con sus ojos maliciosos.

Nos hemos sentado justo delante de ella.

Y hemos procurado no hacerle ningún caso.

¡Oh! Estábamos patéticamente ASUSTADAS.

Mackenzie, en cambio, se ha limitado a esperar allí sentada, con una sonrisita de suficiencia en los labios.

Creo que disfrutaba viéndonos sufrir.

¡Ha sido muy EMBARAZOSO!

CHLOE, ZOEY Y YO, ESPERANDO
NERVIOSAS A NUESTRA EJECUCIÓN

Me han entrado unas ganas locas de borrarle esa
sonrisita de la cara de una bofetada. E incluso he
estado a punto de hacerlo.

¡Eh, que si dependiera de Mackenzie, Winston nos impondría el peor castigo posible, como expulsarnos del colegio.

Al fin y al cabo, ¿qué iba a perder por abofetear a aquella estúpida? Tendrían DOS motivos para expulsarme, en lugar de UNO solo. Pero al final he decidido contenerme.

De repente, se ha abierto la puerta y ha entrado Marcy a toda prisa. "¡Madre mía! ¡Qué bien teneros aquí a todas!", ha exclamado casi sin aliento. "El señor Zimmerman quiere que haga un reportaje de investigación sobre algún tema polémico en el colegio. Y una de mis fuentes me ha dicho que hace unas semanas se produjo un incidente entre vosotras".

"¿AH, SÍ?", hemos dicho las cuatro a la vez, sorprendidas.

"¡Sí, y es increíble! Esta noticia es de rabiosa actualidad y se publicará mañana en portada. Espero que la recoja la prensa local e incluso puede que la publique una agencia de noticias nacional. Mackenzie, he venido para entrevistarte y escuchar TU versión de la historia".

Esa NO era una buena noticia para nosotras.

"¿Quieres entrevistarme A MÍ?", ha preguntado Mackenzie, sonriente, mientras agitaba las pestañas y se aplicaba apresuradamente cinco capas de pintalabios de color Rojo Venganza Mezquina.

Y entonces, la muy falsa, ha hecho un pucherito y se ha enjugado sus lágrimas de cocodrilo. "¡Oh! ¡Fue tan... tan... traumático! Pero deseo compartir con todo el mundo esta historia desgraciada. Marcy, ¿por qué no llamas a... Brandon, para que pueda captar la angustia de mi cara con una foto en primer plano?".

Entonces se me ha torcido ligeramente el gesto, en señal de desaprobación. Y Chloe y Zoey han mirado hacia el techo, exasperadas. Esa tía está tan llena de basura que hasta su aliento huele a vertedero.

"¿Te importa que grabe la entrevista?", ha preguntado Marcy. "Me gustaría conservar un registro para la posteridad". "¡Por supuesto, ningún problema!", ha contestado Mackenzie. "¡Genial!", ha exclamado Marcy. "Vamos a empezar... Mackenzie, fuentes MUY fiables me han dicho que no solo les ROBASTE a Nikki, Chloe y Zoey sus disfraces para el espectáculo benéfico del Festival sobre Hielo, sino que además las dejaste ENCERRADAS a oscuras en un almacén de la pista. ¿Qué tienes que responder a eso?".

¡MARCY ENTREVISTA A MACKENZIE!

¡Qué fuerte! Al principio, Chloe, Zoey y yo nos hemos quedado paralizadas.

Pero luego ya no hemos podido contener la risa.

Parecía que Mackenzie hubiera visto un fantasma o algo así.

Lo más gracioso de todo era que movía la boca, pero no emitía sonido alguno. Probablemente porque sabía que cada palabra que pronunciase iba a quedar grabada.

Finalmente, el director Winston ha abierto la puerta de su despacho. "Buenas tardes, señoritas. Pasen, pasen. Creo que ha sido usted quien ha solicitado esta reunión, ¿no es así, señorita Hollister?".

Mackenzie se ha quedado mirando primero al director Winston. Entonces nos ha mirado a nosotras, y luego a Marcy.

Nosotras la hemos mirado a ella y después al director Winston, y también a Marcy.

Marcy ha mirado al director Winston y luego a Mackenzie. Finalmente nos ha mirado a nosotras.

Y juraría que nos ha guiñado un ojo.

Me ha parecido que todo este juego de miradas ha durado una ETERNIDAD.

De repente, Mackenzie se ha aclarado la garganta.

"Efectivamente, director Winston, quería tener una pequeña reunión para… ya sabe… preguntarle sobre… mmm… las…". Le ha echado un vistazo rápido al despacho visiblemente nerviosa y se ha fijado en una manzana que había sobre la mesa de la secretaria. "… las MANZANAS… de la… cafetería. ¡Se necesita más comida que lleve manzana! Por ejemplo, bollos rellenos de manzana, tarta de manzana, puré de manzana, hojaldre de manzana… ejem… ¡De TODO!", ha dicho Mackenzie muy nerviosa.

No he podido evitar imaginármela como una descerebrada cargada con una enorme bandeja llena de pastelitos de manzana…

¡UN PASTELITO DE MANZANA PARA USTED, Y OTRO MÁS PARA USTED! ¡PASTELES DE MANZANA PARA TODOS!

"¿No te parece, Nikki?", me ha preguntado Mackenzie, agitando las pestañas con aire inocente.

Me he encogido de hombros. "No, no creo".

NO pensaba sacarla del apuro.

El director Winston parecía muy molesto. "¿Quiere

decir, señorita Hollister, que ha solicitado usted esta reunión solo para hablar de la posibilidad de añadir más manzanas al menú de la cafetería?", ha exclamado rascándose la cabeza.

"Ejem... ¡Sí! ¡Las manzanas son... FANTÁSTICAS!", ha insistido Mackenzie con una gran sonrisa.

"Bien. De acuerdo. Hablaré de ello con el jefe de cocina. Ahora, señoritas, si no hay nada más que discutir, tengo un montón de trabajo pendiente", ha dicho el director Winston, consultando el reloj.

"No quería hablar de nada más", ha contestado Mackenzie apresuradamente. "Y estoy segura de que mis excelentes amigas tampoco desean discutir de ningún otro tema, ¿verdad, chicas?".

Nos hemos cruzado de brazos y la hemos mirado, indignadas.

Y entonces ha continuado hablando. "Gracias por dedicarnos su tiempo, director Winston. Ahora volvemos al trabajo. ¡Sabemos que está ocupado, muy ocupado, ocupadísimo! Regresamos a clase, ¿verdad, chicas? Y nos vamos a estudiar, estudiar y estudiar". Y así ha sido como nuestra reunión con el director Winston se ha terminado antes de haber empezado.

Cuando por fin hemos regresado a la biblioteca, todas las del grupo nos hemos fundido en un gran abrazo colectivo. Solo que ahora también estaba Marcy...

MARCY

¡Guau! Chloe, Zoey y yo nos hemos sentido SUPERaliviadas: ¡por fin se había TERMINADO ese desastroso asunto!

Habíamos dado por hecho que iban a llamar a nuestros padres y nos iban a expulsar del colegio, o algo peor.

No sabíamos cómo agradecerle a Marcy que nos hubiera ayudado a salir de este gran marrón.

"Chicas, vosotras sois las únicas amigas que tengo aquí", nos ha confesado con timidez.

"Bueno. ¡Nosotras también TE consideramos nuestra amiga!", le he dicho. "¡Pues claro!", ha exclamado Chloe.

"¡Totalmente!", ha añadido Zoey, agitando las palmas en el aire.

Y entonces me ha podido la curiosidad. "Dinos, Marcy: ¿CÓMO te enteraste de que Mackenzie nos robó los disfraces y nos dejó encerradas el aquel almacén?".

"Todos los periodistas de investigación tienen sus fuentes secretas. ¡Y la mía es SUPERfiable!". Y entonces me ha mostrado un periódico que me resultaba muy familiar...

Todas nos hemos echado a reír. Al parecer, Brianna había distribuido su periódico entre sus compañeros de clase. Y el hermano pequeño de Marcy se lo había llevado a casa.

No podía creer que Brianna hubiera estado aireando así todos nuestros asuntos familiares. Pero por suerte lo había hecho. También me extrañaba que Marcy hubiera decidido hacer la entrevista a Mackenzie justo en ese momento. ¡Había sido PERFECTO!

"Estaba en el cuarto de baño de chicas y he oído que Mackenzie alardeaba ante Jessica de que había concertado una reunión con Winston para que os expulsasen del colegio", ha explicado Marcy. "Mackenzie también ha dicho que tu padre iba a cerrar su negocio para trabajar a tiempo completo para el SUYO y que, en cuanto lo hiciera, pensaba convencer a su padre para que lo trasladara al otro extremo del Estado, y así perderte de vista".

Me he sentido como si me hubieran dado en la cara con un bate de béisbol.

¡Así que era eso lo que planeaba! Si mi padre dejaba de trabajar para el WCD, yo perdería mi beca. Pero, ¡para estar aún más segura de que iba a deshacerse de mí, Mackenzie planeaba convencer a su padre para que trasladase al mío al otro extremo del Estado!

Lo cual significaba que nos tendríamos que mudar.

¡Y si él no quería mudarse, se quedaría SIN EMPLEO! Después de haber liquidado un negocio próspero y sacrificar la beca que había conseguido para su hija.

¡Me ha dado mucha PENA por mi padre! Probablemente no tenía ni idea de que estaba tratando con gente tan DESPIADADA.

Y entonces me he dado cuenta de que las tres me estaban mirando.

"Nikki, ¿te encuentras bien?", ha preguntado Zoey. "No tienes buena cara".

"No, la verdad es que NO me encuentro muy bien. Creo que me ha sentado mal la empanada de carne

que me he comido en la cafetería", les he dicho,
engañándolas.

¡No podía creer que, después de TODO por lo que
había pasado durante ese mes, casi tengo que
marcharme IGUALMENTE del WCD! Me he
esforzado por contener las lágrimas.

Y he deseado con todas mis fuerzas que mi padre
NO ESTUVIERA pensando en dejar su trabajo para
fichar a tiempo completo por el padre de Mackenzie.

Pero la verdad es que eso parecía lo más probable...
Al fin y al cabo la semana anterior se había deshecho
de su furgoneta.

Al menos se han solucionado las cosas para Chloe y
Zoey. ¡Pero la idea de tener que despedirme de ellas
y de Brandon... me rompe el corazón!

Dicen que "La vida es como una caja de bombones" y
que nunca sabes cuál te va a tocar. Pero en mi caja
no hay más que bombones de cereza empalagosos,
viscosos y con una pinta asquerosa.

¡Oh, no, no, no!

Lo único que puedo decir es... ¡Oh, no! ¡No sé por dónde empezar! Me paso el día pensando: "¡Oh, no!".

Aunque ayer no me expulsaron del colegio, mi situación TODAVÍA sigue siendo un completo desastre.

¡Sabía que mientras mi padre trabajase para el de Mackenzie, mi vida iba a ser una interminable PESADILLA!

Esta mañana Brianna y la señorita Penélope han saltado encima de mí cuando aún estaba en la cama y me han despertado gritando: "¡Despierta! ¡Despierta! Papá tiene una sorpresa genial. ¡Sal afuera para verla!".

¡¡ESTUPENDO ☹!! Seguro que nos dirá que ha aceptado ese trabajo con el padre de Mackenzie y que nos vamos a mudar, y lo más probable es que haya aparcado ahí fuera un enorme camión de mudanzas o algo por el estilo.

Me he puesto un jersey encima del pijama y he salido al aire frío de la mañana aún medio dormida. ¡Brianna tenía razón! Era una sorpresa GENIAL...

¡PAPÁ, LA CUCARACHA MAX Y NUESTRA VIEJA FURGONETA USADA HAN VUELTO A CASA!

¡Nunca pensé que me sentiría tan feliz al verlos juntos a los tres!

Papá nos ha explicado que, aunque le gustaba trabajar para Hollister Holdings, prefería ser su propio jefe. Y también le apetecía tener un horario flexible, para pasar más tiempo con la familia.

Ha dicho que trabajar para el señor Hollister le había inspirado para ampliar su propio negocio, Maxwell's Antiplagas.

Entonces mamá le ha dicho a papá que le había demostrado a ella y al resto del mundo que era un tiburón astuto y despiadado para los negocios. Estábamos tan orgullosas de mi padre que casi acaba por el suelo cuando nos hemos abalanzado sobre él para abrazarlo y besarlo.

Así que, al parecer, la beca escolar que conseguí gracias al contrato de fumigación de mi padre no correrá peligro, después de todo. MacKenzie se va poner como una furia cuando se entere.

¡Es tan manipuladora! Pero al menos se le ha terminado el manipular a mi padre.

Bueno, el caso es que esta tarde, cuando me estaba preparando para la fiesta de Brandon, me he enterado en el último minuto de que mamá tenía que sustituir a un padre que se había puesto enfermo y acompañar con el coche a los compañeros de clase de danza de Brianna.

Así que mamá me ha dicho: "Nikki, cariño, voy a llevarte a la fiesta de Brandon como acordamos, pero tenemos un pequeño problema con el viaje de regreso. Y tu padre se ha prestado para echarnos un cable".

No podía creer que mi propia madre se intentara ENGAÑAR de esa manera. ¡Lo siento, mamá! Pero NO SE TRATA de un "pequeño problema".
...

¡¡¡ES UN PROBLEMA ENORME, GIGANTESCO, TOTAL!!!
...

¡Porque mis padres me han dicho, así, como quien no quiere la cosa, que papá iría a recogerme...! ¡No os lo podéis imaginar!

... con la cucaracha Max.

Aunque estaba muy contenta de que papá ya no trabajase para Hollister Holdings, no pensaba permitir DE NINGUNA MANERA que Brandon me viese meterme en ese ridículo cucarachamóvil.

Y lo que es peor todavía, por fin descubriría lo horriblemente MENTIROSA que soy.

¿Por qué no podía ser PAPÁ quien acompañara a los compañeros de clase de danza de Brianna?

En lugar de TRAUMATIZARME para toda la VIDA, papá podría llevar a Brianna y a sus amiguitos en un paseo divertido. ¡Se lo iban a pasar mejor que en DISNEYLANDIA!

BRIANNA

Maxwell's ANTIPLAGAS

BRIANNA Y SUS AMIGUITOS, DANDO UN
DIVERTIDO PASEO EN LA CUCARACHA MAX

Y entonces he tomado una decisión MUY difícil. No
asistir a la fiesta de Brandon. ¡☹! Aunque al final le
he comprado un regalo con mi paga semanal.

Y, como ante todo soy una persona sincera, iba a contarle a Brandon y a todas mis amigas la verdad: que me había sucedido algo a última hora.

EN PARTICULAR: me había sentado mal la comida. ¡Tenía la mayor indigestión de mi vida! ¡¡☹!!

Cuando ya había cogido el teléfono para darles a Chloe y Zoey la mala noticia, mi madre ha llamado a la puerta de mi habitación y ha asomado la cabeza.

"Nikki, cariño, ¿podrías apuntar en un papel a qué hora y dónde hay que recogerte para dárselo a tu padre? Es muy despistado y es capaz de perderse incluso de camino al buzón".

Y, antes de que pudiera decirle a mi madre que había cambiado de opinión sobre lo de ir a la fiesta, ha cerrado la puerta y ha desaparecido por el pasillo.

He suspirado y he marcado el número de Zoey.

De hecho, que mi padre NO encontrara la casa podía ser una buena cosa, porque...

De repente, se ha encendido una bombilla en el interior de mi cabeza, y me he sentido como un auténtico genio.

La fiesta de Brandon iba a ser en casa de Theo, porque allí había una sala de juegos con un equipo de música alucinante a la que no le faltaba de nada. La dirección era Avenida del Lago Oculto, 725. ¿Y si papá iba a recogerme una manzana más allá? ¿En OTRA dirección? Entonces ninguno de los asistentes a la fiesta me vería subirme con él a la cucaracha Max.

¡¡PROBLEMA RESUELTO ☺!!

He colgado el teléfono enseguida.

Y luego he anotado en una hoja todos los datos de la fiesta para papá.

Tal como mamá me había dicho.

Claro que he alterado un poco la dirección y el número de teléfono.

RECOGER A NIKKI
A LAS 10:00 PM
AVDA. DEL LAGO
OCULTO, 710
TELÉFONO:
555-0129

¿No soy un genio? ¡¡☺!!

Bueno, la fiesta de Brandon ha sido tan divertida como me había imaginado.

Ha sido fantástico estar en compañía de todos mis amigos. Incluso me he sorprendido a mí misma y he cambiado de opinión sobre lo de ~~pedirle~~ rogarle a Brandon que me diera una invitación para que una persona en la que no había pensado pudiera asistir a su fiesta, es decir...

MARCY

¡Lo siento, Mackenzie y Jessica! ¡¡☺!!

Chloe y Zoey me han hecho reír durante toda la noche.

Como de costumbre, Violet se ha llevado a la fiesta sus discos favoritos y ha hecho temblar toda la casa.

¡Literalmente!

Theo nos ha ofrecido toda clase de pizzas, que Queasy Cheesy nos han entregado recién hechas y aún calentitas. ¡Un hurra por Queasy Cheesy!

Ha sido una sorpresa enterarse de que los padres de Theo son los propietarios del Queasy Cheesy del centro comercial. Y de los 173 que forman la cadena que hay repartida por todo el país. ¡Y aún hay más!

Como detalle especial, el padre de Theo nos ha entregado a cada uno tres vales "come-todo-lo-que-quieras", para el Festival de la pizza que se celebra en Queasy Cheesy.

¡Guau! ¡Me he puesto SUPERcontenta!

¡Porque si le regalo un vale del Queasy Cheesy a mamá, otro a papá y el otro a Brianna, ya tendré casi todas mis compras de Navidad para el año que viene resueltas!

Sin gastar NI UN CÉNTIMO de mi PROPIO dinero.

¿No es GUAY?

Bueno, me he quedado alucinada de lo deprisa que pasó el tiempo: se han hecho las 10:00 sin siquiera darme cuenta.

Pero nos lo estábamos pasando tan bien que nadie tenía ganas de marcharse.

Yo no estaba nada preocupada, porque, gracias a mi plan perfecto, mi padre me estaría esperando pacientemente en algún sitio cercano.

Así que casi me ha dado un infarto cuando ha sonado el timbre de la puerta y...

¡¡PAPÁ HA ENCONTRADO LA FIESTA!!

¡¡AAAAAAAAAAHH!!

La parte buena (si se podía llamar así) era que mi situación era tan HORRIBLE que NO PODÍA ponerse PEOR.

O eso creía yo.

El padre de Theo se ha rascado la cabeza: parecía tan confuso como mi padre. "¿Mmm? ¡Qué raro! Los números de las casas de esta calle empiezan por el 720. Pero, si quiere, puede usted usar el teléfono para llamar a su hija. ¡Pase, está en su casa!".

"Gracias. Le agradezco su ayuda. Una llamada telefónica podría aclararlo todo...", ha dicho mi padre.

Y entonces se me ha ocurrido coger el teléfono
ANTES de que lo hiciera mi padre.

Pero no para impedirle que lo utilizara, sino para llamar
a emergencias: necesitaba informar cuanto antes del
crimen que estaba a punto de cometerse.

¡Porque cuando mi padre se enterara de que había
estado dando tumbos, PERDIDO, en medio de la
noche fría y oscura, solo porque le había dado unos
datos FALSOS, me iba a MATAR!

¡De pronto la noche se ha convertido en un DESASTRE!

Mis AMIGOS estaban abajo, en el salón.

Mi LIGUE, Brandon, estaba de pie a mi lado.

Mi PADRE estaba junto a la puerta de entrada.

La cucaracha MAX estaba aparcada en la calle.

Y yo, NIKKI MAXWELL, estaba a punto de hacerme
PIS encima.

PLANO DE LA CASA DE THEO

306

Cuando papá se ha dirigido al teléfono para llamarme, ha pasado tan cerca de mí que podría haberle tocado con la mano.

Pero me he quedado tras la esquina, intentando contener la respiración.

¡Estaba atrapada! ¡Me iba a PILLAR en cualquier momento!

O tal vez... NO.

Me he sentido SUPERaliviada cuando ha llegado Theo y se ha llevado a Brandon para enseñarle su nueva consola de videojuegos.

Cuando mi padre ha empezado a marcar el número, he descubierto un teléfono en la cocina desde el que, por suerte, no podía verme. Sabía que era una idea demencial, pero ¿qué otra cosa podía perder? Estaba totalmente perdida.

He entrado de puntillas en la cocina y he descolgado el teléfono antes de que mi padre terminara de marcar.

"¡Nikki! Vaya, ¡cuánto me alegro de oírte! ¡Me he PERDIDO! Pero... ¿CÓMO sabías que era yo?".

"Esto... ¡No lo sabía! Mmm... He visto que eras tú en la pantalla del teléfono".

"Pero ¡si no estoy llamando desde casa!".

"El identificador de llamadas dice, mmm... Papá. Y, ya sabes, TÚ eres papá. Porque, claro, hay millones de personas que se llaman 'papá'".

"¡Ah! Está bien. Oye, no consigo encontrar la dirección que me diste. Y estoy llamando desde una casa del barrio. Necesito que me des la dirección buena".

"Eh, papá, se te oye MUY cerca. Como si estuvieras en la habitación de al lado o algo así. Apuesto a que si miro por la ventana podré ver... ¡Oh, mira! ¡Ahí está! ¡Papá! ¡Veo tu furgoneta! Está aparcada cinco casas más abajo. ¿Te lo puedes creer? ¡Guau!".

"¿De veras? ¡Vaya, te he estado esperando casi en el sitio correcto! ¡Así que NO ME HABÍA perdido!".

"¿Por qué pensabas que te habías perdido? Solo tienes que avanzar cinco casas más. Dame un par de minutos para despedirme de mis amigos y coger el abrigo, y me reuniré contigo enseguida".

"De acuerdo, cariño. Entonces, nos vemos en un rato".

"¡Adiós, papá! ¡Un beso!".

Me ha COSTADO creer que nuestra conversación haya ido tan bien.

Ahora, si mi padre se limitase a

1. colgar el teléfono

2. salir de la casa

3. meterse en la furgoneta y

4. conducir unos cuantos metros

NO TENDRÍA que escaparme de casa y enrolarme en un circo.

He espiado a mi padre mientras le daba las gracias al señor Swagmire, le daba la mano, y se marchaba.

¡Misión cumplida! ¡¡☺!!

Pero entonces me he dado la vuelta, y...

"¡Oh, Brandon!", he balbuceado. "No te he visto llegar.
Estaba hablando por el padre... con mi teléfono...
Bueno... quiero decir con mi padre por teléfono".

Me he preguntado cuánto tiempo debe de haber
estado observando y escuchando Brandon.

"¿Todo va bien?", me ha preguntado.

"Sí, sí, muy bien. Por suerte, ya se ha marchado. ¡De
CASA! Ha venido a recogerme, quiero decir, que va a
venir aquí para recogerme...".

Brandon me ha mirado con desconfianza y ha
asentido despacio con la cabeza. "¿Ah, sí? Muy bien".

Han empezado a arderme las mejillas. "Bueno, será
mejor que me marche. No quiero hacer esperar a mi
padre".

"Pero ¿no has dicho que acaba de salir de casa?".

"Sí, pero llegará muy pronto. Conduce muy rápido. Ya
sabes, como los pilotos de Fórmula 1. ¡Zooooom! Así

es mi padre. De todas formas, muchas gracias por invitarme. ¡Adiós!".

"¿Te tienes que ir tan pronto? Yo...". Brandon parecía un poco decepcionado y su voz se fue apagando. "De acuerdo, entonces. Gracias por venir, Nikki".

Me he dado la vuelta y me he marchado tan deprisa como he podido. Pero casi sentía la mirada de Brandon clavada en mi espalda.

Les he dado un abrazo a Chloe y a Zoey, y me he despedido de todo el mundo. También le he agradecido al padre de Theo que haya celebrado en su casa la magnífica fiesta de Brandon.

Entonces Marcy me ha dado las gracias por la invitación.

"¡Gracias a TI, por haberle parado los pies a Mackenzie!", le he dicho riendo.

"¡No ha sido nada! Si alguna vez necesitáis mi ayuda, solo tenéis que decirlo. Mi vida social es inexistente y dispongo de tiempo".

Al oírle decir eso se me ha ocurrido una idea.

"¡Pues ahora que lo dices, sí la necesito! Mi sección de consejos me ha estado dando un montón de trabajo. Chloe, Zoey y yo nos hemos estado quedando después de clase para responder las cartas, y me encantaría poder contar con tu ayuda".

"¡Madre mía! ¡Eres la Señorita Sabelotodo!", exclamó con asombro. "¡Tenías razón! HE encontrado buenos amigos en el colegio".

Así que Marcy se quedará con nosotras a la hora de comer y después de las clases. ¡Es una tía muy maja!

Cuando he salido afuera y he sentido el frío de la noche, estaba contenta, aunque también un poco triste.

Ha sido maravilloso disfrutar de la compañía de Brandon y me gustaba más que nunca. Pero en cuanto empezaban a saltar las chispas entre nosotros, súbitamente se han apagado.

Era obvio que Brandon sospechaba algo.

Y que me haya escabullido para reunirme con papá no ha ayudado a arreglar las cosas. Pero me MORIRÍA si alguien viera la furgoneta. Sobre todo, Brandon ¡☹!

He caminado por el sendero de la entrada como si nada.

Pero en cuanto he salido del jardín de Theo, me he puesto a correr como una loca hacia la furgoneta.

Cuando me he subido, papá todavía estaba mirando mi nota, rascándose la cabeza.

"Hola, Nikki. Ya sé que es una estupidez, pero me parece que estos datos están mal", ha murmurado.

"No te preocupes, papá", le he dicho yo sintiéndome culpable por haberle hecho buscar inútilmente.

Entonces ha dudado unos instantes, visiblemente nervioso, y me ha dicho:

"Entonces, mantendremos en secreto todo lo que ha ocurrido esta noche, ¿te parece?".

Me he quedado boquiabierta y lo he mirado, sin dar crédito.

¿En SECRETO? ¿Papá lo sabía?

Pero ¿CÓMO?

¡Oh, no! ¿Y si me había visto en casa de Theo?

"Es que, si le cuentas a mamá que no encontraba
la casa, me lo va a estar recordando toda la vida.
Siempre está diciendo que me pierdo incluso yendo de
camino al buzón", me ha explicado.

He suspirado, aliviada.

"¡No te preocupes, papá! Conmigo tu secreto estará
totalmente a salvo", le he dicho efusivamente dándole
un abrazo.

Luego me he hundido en el asiento.

Aunque la noche era muy oscura, no quería que nadie
me viera a bordo de la cucaracha Max.

¡Había sido un MILAGRO haber salido airosa de la
fiesta de Brandon! Pero ahora estaba preocupada
porque Brandon sospechaba algo.

No lo culpaba. Soy tan mentirosa que no me gustaría ser amiga de una persona como yo.

Supongo que estaba cansada de todos mis secretos. y mentiras. No sabía cuánto tiempo podía seguir escondiendo quién era yo en realidad.

¡La ÚNICA persona en la historia de la humanidad que iba al colegio gracias una estúpida BECA concedida gracias a UN CONTRATO DE FUMIGACIÓN!

¿POR QUÉ mi vida es tan CUTRE?

Entonces me ha llegado un mensaje de texto de Brandon: "¡ME ENCANTA el regalo del gorro de cocinero y los vales del Crazy Burger! ¿Te gustaría ayudarme a gastarlos mañana a la hora del almuerzo? ¡Por favor, dime que SÍ!".

¡¡Brandon me ha preguntado si quería salir con él ☺!! Solo para comer... Pero... ¡YAAAAJUU!

No sería una cena con velitas en un restaurante italiano romántico, pero Crazy Burger tenía las mejores hamburguesas en muchos kilómetros a la redonda.

Le he respondido inmediatamente: "¡SÍ! ¿Quedamos allí?".

"¡No hay problema! Pero, para ser sincero, hace meses que estoy deseando dar un paseo en esa original furgoneta de la cucaracha que tiene tu padre".

He tenido que releer el mensaje de Brandon como tres o cuatro veces.

Entonces no he podido contenerme y me he echado a reír a carcajadas.

¡Mi padre me ha mirado como si me hubiera vuelto LOCA!

¡Todos estos meses disimulando para mantener en secreto quién soy en realidad, y ahora resulta que Brandon LO sabía!

¡Pero no creo que sepa que yo conozco su situación personal!

¿O TAMBIÉN sabe eso?

Con la emoción de tanto SECRETO acerca de lo que sabemos y lo que no sabemos el uno del otro ha empezado a darme vueltas la cabeza.

Me mareo solo de pensar en ello. ¡Pero en el BUEN sentido! ¡¡☺!!

¡Y sí! ¡Reconozco que todo esto suena DE-MENNN-CIAAAL!

Pero no puedo evitarlo.

¡¡¡SOY TAN PEDORRA!!!
¡¡☺!!

¡FELIZ CUMPLEAÑOS BRANDON!

Rachel Renée Russell es una abogada que prefiere escribir libros para adolescentes a redactar textos legales. (Más que nada porque los libros son mucho más divertidos y en los juzgados no se permite estar en pijama ni con pantuflas de conejitos.)

Ha criado a dos hijas y ha vivido para contarlo. Entre sus hobbies destaca el cultivo de violetas y la realización de manualidades totalmente inútiles (como por ejemplo, un microondas construido con palitos de polos, pegamento y purpurina). Rachel vive en el norte de Virginia con Yorkie, una mascota malcriada que cada día la aterroriza trepando a lo alto del mueble del ordenador y tirándole animales de peluche cuando está escribiendo. Y sí, Rachel se considera a sí misma una pedorra total.

OTROS LIBROS DE
Rachel Renée Russell

Diario de Nikki:
Crónicas de una vida muy poco glamurosa

Diario de Nikki 2:
Cuando no eres la reina de la fiesta precisamente

Diario de Nikki 3:
Una estrella del POP muy poco brillante

Diario de Nikki 4:
Una patinadora sobre hielo algo torpe